Choice

編輯的口味
讀者的品味
文學的況味

大衛・芬基諾斯 David Foenkinos

退稿圖書館

Le mystère Henri Pick

范兆延－譯

「這間圖書館很危險。」

——恩斯特・卡西勒，談及瓦堡圖書館。

I

1

一九七一年，美國作家理查德．布勞提根出版《墮胎》[1]，內容描述一則相當奇特的愛情故事，發生在一位圖書館員和一名擁有絕美胴體的年輕女子之間；那身體就像是女子的原罪，彷彿這世上真有紅顏禍水這回事。女主角名叫薇達，她表示一名男性駕駛因著迷於她從路上走過的美麗身影，一時恍神而車禍喪命。車禍發生後，這名年輕女子衝往事故現場，駕駛全身是血，性命垂危，臨終前只來得及對她說：「小姐，您長得真漂亮。」

坦白說，我們感興趣的不是薇達而是圖書館員的故事，那才是小說特別的地方。男主角在圖書館工作，一間專門收藏被編輯退稿的圖書收藏館，好比在這裡撞見的某位男子，可能就是來此存放自己被退了四百多次的書稿。各式各樣的書稿在小說敘事者眼前累積起來，裡頭可以找到像是《在旅館房內用燭光種花》的小品

●本書註釋，原書作者註使用羅馬數字「1、2、3……」；譯者註使用「＊」符號。

1. 小說的副標題是《一九六六年的浪漫史》。

文，也有介紹杜斯妥也夫斯基小說中每道菜餚的食譜書。這個地方有個優點：作者可以自行選擇架上存放的位置，可以信步走在其他不得志作者的書稿之間，在這種乏人問津的形式中找到安身之處。不過，圖書館並不受理郵寄過來的書稿，作者必須親自出面寄存沒人要的作品，像是這行為代表某種徹底放棄的最終遺願。

幾年後，一九八四年，《墮胎》作者在加州的波里那斯了結自己的性命。我們之後會再回顧布勞提根的生平，還有導致他走上絕路的局面，但現在先讓我們關注這間他虛構出來的圖書館。一九九〇年代，布勞提根的構想成為現實，一位死忠書迷為了向他致敬，創辦了「退稿圖書館」，於是布勞提根圖書館（Brautigan Library）在美國誕生，專門收留遭到出版社回絕的書稿遺孤，但目前該館已經遷離舊址，落腳在加拿大溫哥華[2]。這名粉絲的創舉肯定會令布勞提根深受感動，但我們真有辦法體會死者的感受嗎？圖書館創辦時，曾引發各家報刊競相報導，同時也在法國引起討論。布列塔尼克羅宗圖書館負責人恰好也有相同的想法，便在一九九二年十月創辦了法國的退稿圖書館。

2

尚皮耶・顧維克對圖書館入口那塊小招牌感到很得意，上頭寫著對一位幾乎從未離開故鄉布列塔尼的男人來說極具諷刺意味的蕭沆格言：

「巴黎是搞砸人生的絕佳地點。」

尚皮耶是屬於愛鄉勝過愛國的那群人，但還不至於成為狂熱的民族主義分子，不過他的相貌倒是可能令人誤會：身形修長、乾癟，頸部帶著幾條浮凸的青筋和醒目的淡紅色素沉澱，體格面貌讓人立刻認定他就是個生性暴躁的怒漢，但事實完全不是如此。顧維克是個謀定後動的聰明人，認為字詞具備意義和用途，只要跟他相處幾分鐘，就能放下錯誤的第一印象；這個男人予人一種克己自持的感覺。

他親自更動書架擺放的位置，在市立圖書館深處挪出空間，好容納渴望安身之處的所有書稿。調整的過程令他想起波赫士說過：「在圖書館裡拿起一本書再放回

2. 網路上可以輕易找到該圖書館業務的相關介紹，網址如下：www.thebrautiganlibrary.org。

去，就是在勞動書架。」那今天它們應該累壞了，顧維克邊想邊笑；這是屬於知識分子的幽默，而且是孤獨的知識分子。他如此看待自己，事實也相去不遠。顧維克具備低標的社交技巧，街坊鄰居引為笑談的事物通常不會令他發笑，但他知道如何勉強自己聽別人說笑。他有時甚至會光臨巷口的酒吧，喝上一杯啤酒，和其他客人知無不言、言不及義。但多半都是言不及義居多，他心想。在人群起鬨的喧囂中，他可以配合玩上一局撲克牌。對於被當成平常人看待，他絲毫不以為意。

我們對他的人生所知不多，除了他獨居之外。他在一九五〇年代結婚，但沒人知道為什麼他老婆在新婚幾個星期之後就離開他。傳言指出他們是靠分類小廣告認識，書信往來相當時日之後才跟彼此見面。這會是他們婚姻觸礁的原因嗎？顧維克或許是那種善於用文字傾訴愛火的男子，讓人甘心為了他拋下一切，但是美麗字句背後的真相往往令人失望。當時有些碎嘴之人私下表示，是顧維克不舉才導致老婆立刻閃人。推論的真實性有待商榷，不過面對複雜難測的人心，人們總傾向以飲食男女加以解釋。總之，關於顧維克的這段情事始終是個謎團。

老婆跑了之後，顧維克似乎就沒再和別人穩定交往，膝下也沒有子女，無從得知他性生活的面貌。我們可以想像他成為一群棄婦的情夫，跟自己同年代的包法利夫人們為伍；其中多少有些婦女追尋的並不是羅曼史般的滿足，而是個穿梭在群書之間的身影。在這位善於讀書因此懂得傾聽的男子身邊，我們可以逃離刻板的生活。不過這些都只是臆測而已，可以肯定的是：顧維克對這間圖書館的熱中和執著從不曾稍減。他總是殷勤接待每位讀者，努力傾聽對方，試圖在建議的書單中鋪陳一段個人軌跡。對顧維克來說，問題不在於愛不愛看書，而是要知道如何找到適合自己的那本書。每個人都可以愛上閱讀，只要手裡有一本好小說，討人歡心、引發共鳴，然後讓人手不釋卷。為了達成這個目標，顧維克發展出一種媲美特異功能的做法：仔細打量讀者的相貌身形，他就有能耐推斷出適合對方的作者。

為了活絡圖書館所投入的旺盛精力，迫使顧維克必須擴大它的規模。在他眼裡，這是個巨大的勝利，彷彿書本集成一支兵微將乏的軍隊，在原本注定要消失的疆土上負隅頑抗，展開一場激烈的革命。克羅宗市政府甚至同意再僱用一名助理，於是他刊出了徵人啟示。顧維克很喜歡挑選採購的書籍、安排書本上架的位置和辦理各式各樣的活動，但是一旦牽涉到人事決策，他就慌了手腳。話雖如此，他卻一直渴望能找到一位如文學知己的人來作伴，花好幾個鐘頭和對方討論塞利納作品中的刪節號使用，或是爭辯托馬斯·伯恩哈德自殺的原因。但這個願望遭遇到的唯一障礙，就是顧維克很清楚自己無法向任何人說不。於是過程自然就簡單多了，獲得錄用的人就是第一個前來面試的人。瑪嘉麗・克魯茲就這樣進入了圖書館，帶著大家有目共睹的優點：回覆應徵啟示的俐落手腳。

3

瑪嘉麗並不特別喜歡閱讀[3]，但身為養育兩名稚齡男孩的媽媽，她必須快點找到工作，尤其是她丈夫只有一份雷諾車廠的兼職。法國本土製造的汽車愈來愈少，危機在這一九九〇年代初期開始生根常駐。在簽署工作合約的當下，瑪嘉麗想起丈夫的兩隻手，一雙總是沾滿油汙的手。這種不便不可能發生在即將成日與書本為伍的瑪嘉麗身上，兩者有著根本的差異。從兩人雙手的角度來看，這對夫妻各自擁有南轅北轍的職涯方向。

說到底，顧維克還挺喜歡工作時有個以平常心看待書本的人作伴。他承認我們可以和同事融洽相處，而無需每天早上談論日耳曼文學。顧維克負責提供讀者建議，瑪嘉麗管理後勤，一搭一唱和諧完美。瑪嘉麗不是那種會質疑主管決策的部屬，但仍忍不住對退稿書的想法表達自己的疑慮：

「何必要存放這些沒人要的書稿？」

「這是來自美國的構想。」

「所以呢?」

「是為了向布勞提根致敬。」

「誰?」

「布勞提根,您沒有讀過《夢見巴比倫》嗎?」

「沒有,這不重要,反正這是個怪點子,而且您真的希望他們親自過來這裡寄存書稿嗎?到時候我們得要應付這一帶所有的神經病,大家都知道作家是瘋子,那些沒能出版的作家只怕會更嚇人。」

「但他們總算能有個立足之地,就把這當作是慈善事業好了。」

「我懂了,您希望我當個失敗作家的德蕾莎修女。」

「對,差不多就是這樣。」

「……」

瑪嘉麗逐漸接受這是個立意良善的構想,懷著一片善意投入籌備工作。期間,尚皮耶在專門報刊上刊出小廣告,特別是《閱讀》和《文學雜誌》,鼓勵每一

3. 顧維克第一次與她對視時立刻心想:她有著一張喜愛莒哈絲《情人》的臉。

位有意將書稿寄存在退稿圖書館的作者親自跑一趟克羅宗。這個構想立刻大受歡迎，吸引了許多人前來。某些作家大老遠橫越整個法國，到這裡卸下他們失敗的果實，過程猶如一趟朝聖之旅，是屬於文學界的孔波斯特拉。長途跋涉數百公里只為告別無緣出版的缺憾，其中蘊含十足的象徵意義，而這條路的終點就是埋稿之處。或許在克羅宗所在的這個法國省區裡，那號召力更是銳不可當，因為它名叫菲尼斯泰爾，意為大地的盡頭。

4

歷經十年光景，圖書館最後存放了近千份書稿，尚皮耶成天端詳它們，著迷於這些無用珍藏的力量。二〇〇三年，他生了一場大病，在布列斯特的病床上躺了好一段時間。這場疾患對他來說有兩重痛苦，他寧可搞壞身子也不願意離開他的書本。就算躺在醫院的病房裡，他仍持續向瑪嘉麗發號施令，密切掌握文壇動態，盤算著需要採購的書籍，什麼都不許錯失。他把最後的氣數用在自己始終難以忘情的書本上，但大家似乎不再對退稿圖書館感興趣，他對此感到難過；最初的三分鐘熱度退燒後，只剩下坊間的好口碑讓這項計畫得以苟活下去。美國也一樣，布勞提根圖書館開始面臨困境，沒有人願意收留這些被遺棄的書稿。

返回工作崗位的顧維克形銷骨立，任誰都看得出來他時日無多。地方居民出於某種善意，突然間感染了一股借書熱潮，但幕後的推手其實是瑪嘉麗，她明白這將是尚皮耶最後的幸福。疾病讓尚皮耶變得虛弱，他沒有發覺突然湧入的讀者其實都並非自願前來，而因此深信自己傾注一生的心力總算有了結果。巨大的滿足感撫慰著他，他準備離開了。

瑪嘉麗還拜託了幾位朋友隨便寫本小說，用以填補退稿書的架上空間，甚至連自己的母親都沒放過：

「可是我不會寫作。」

「所以現在正是時候，妳可以寫一些往事。」

「我什麼都記不得了耶，而且我常寫錯字。」

「根本沒人在乎，我們需要書稿，就算是妳的買菜清單也行啦。」

「真的嗎？妳覺得會有人想看？」

「……」

瑪嘉麗的母親最後選擇抄寫電話簿。

創作打算直接存放在退稿圖書館的書，並不符合這項計畫的宗旨，但無所謂了。瑪嘉麗這幾天搜羅而來的八份手稿令尚皮耶開心極了，他將之視為熱潮回溫，表示一切都還有希望。他沒剩多少日子可以見證圖書館的成長，於是要瑪嘉麗答應他至少會保存過去這些年累積的書稿。

「我會的，尚皮耶。」

「這些作家信任我們……不可以辜負他們。」

「我保證它們待在這裡會很安全，這裡永遠會保留位置來收留沒人要的稿件。」

「謝謝。」

「尚皮耶……」

「怎麼了？」

「我想要謝謝您……」

「謝什麼？」

「謝謝您送我《情人》這本書……好美的故事。」

「……」

他牽起瑪嘉麗的手，久久都沒有放手。幾分鐘後，瑪嘉麗一個人坐進車裡才開始流淚。

隔週，尚皮耶・顧維克在床上嚥氣。大家紛紛談起這位會讓人很想念的有趣人物，但沒有幾個人參加在墓園中為他舉行的簡樸喪禮。這男人最後會留下什麼？這天，我們或許可以明白當初他堅持要創建和拓展退稿圖書館的原因：那是一處對抗遺忘的安葬之地。之後不會有人來他墳前追思，就像沒有人會特別去閱讀被退件的書稿一樣。

瑪嘉麗當然遵守了保存書稿的承諾，但卻沒時間持續壯大這項計畫。過去幾個月來，市政府千方百計找地方撙節支出，特別是文化方面的開銷。顧維克過世之後，瑪嘉麗負責打理圖書館，連想聘用一名臨時人員也不行，一切由她一人包辦。最裡頭的書架漸漸遭到忽略，塵埃覆蓋在這些無主之言上。瑪嘉麗因工作而分不開身，少有心思去關注這些書稿，她怎麼也沒想到存放這些退件書稿的嘗試將會徹底改變她的人生。

II

1

黛兒芬．戴斯佩羅因為工作的關係，已經在巴黎住了快十年，但她始終覺得自己是個布列塔尼人。她的個子看起來比實際上更高大，但這與高跟鞋無關，很難說清楚為什麼有些人就是有能耐壯大個頭兒，是因為理想抱負、因為童年備受關愛，還是因為篤信自己前程無量的緣故？或許這些都有一點。黛兒芬是個令人想要傾聽和追隨的女子，魅力四射卻從不盛氣凌人。母親是位法文老師，她自幼便與文學為伍，小時候成天過目母親班上學生的作業，著迷於上頭紅色的批改字跡。她仔細打量錯字和拙劣用詞，從此銘記不該犯下的錯誤。

高中會考結束，黛兒芬前往雷恩唸文學，但她一點都不想成為老師，她的夢想是進出版業工作。每年暑假，她會安排自己到出版社實習，或從事任何能讓自己接觸文學圈子的差事。她很早就接受自己沒有寫作的才能，但也不因此感到沮喪，一心只想著一件事：和作家們共事。第一次見到米榭．韋勒貝克時，那股流竄全身的悸動她仍記憶猶新。當時她還是法雅出版社的實習生，韋勒貝克的《一座島嶼的可能性》就是由法雅出版，有一次他短暫在黛兒芬面前停留，倒不是真的在打量她，而比較像是要聞嗅她。黛兒芬支吾地說了聲**您好**，不過對方沒有回應，但這卻成了她眼中最難忘的交流時刻。

等到週休回父母家，她竟能對這個無關痛癢的時刻滔滔不絕一個鐘頭。黛兒芬很崇拜韋勒貝克，欣賞他對小說的獨到見解，耳聞這位作家引發的眾多爭議，她只感到厭煩，韋勒貝克的文采、絕望、風趣其實更值得大家議論。她提及韋勒貝克的口吻就像兩人是舊識，彷彿在走廊與他擦肩而過，就足以讓她對其作品擁有比其他人更深刻的理解。黛兒芬高談闊論，爸媽一臉莞爾地看著她，基本上他們教養的理念在於盡其所能培養女兒的熱情、興趣和讚歎事物的能力，就這一點來看，他們是相當成功的家長。黛兒芬發展出一項本事，能夠感受催動文氣的內在脈動，當時每一位認識她的人都認為她前途無量。

結束在格拉塞的出版實習之後，黛兒芬獲得錄用擔任新進編輯，這個職務少有像她如此年輕的臉孔，但她的一帆風順其實是天時地利配合的結果。黛兒芬初入出版社時，高層正好希望為編輯團隊拉皮並增加女性員額，社裡交辦她負責幾位作家，坦白說都不是什麼重量級的人物，但他們都很開心有一位年輕女編輯全心全意的照料。只要有些空閒時間，黛兒芬也負責瀏覽郵寄來的投稿作品，勞倫・比內的第一本小說，關於納粹親衛隊員海德里希的驚人作品《HHhH：希姆萊的大腦叫作海德里希》，就是她提議出版的。當初看到這份稿子，黛兒芬立刻衝到格拉塞社長奧利維．諾拉面前，懇請他用最快的時間讀完這本小說。她的滿腔熱情有了回報，格拉塞簽下比內，剛好就在伽利瑪出版社找上他之前。幾個月後，這本小說榮獲龔固爾首本小說獎，黛兒芬．戴斯佩羅也因此在出版社中占有一席之地。

2

幾個星期後，黛兒芬正在讀年輕作家費德里克．寇斯卡的第一本小說，頓時又心生一股強烈直覺。《浴缸》描述一名青少年拒絕離開浴室，決定在浴缸生活的故事。她從未讀過這樣的小說，通篇文字同時充滿歡愉和愁緒，她沒花太多工夫就說服了讀者委員會贊同她堅定的直覺。閱讀這份書稿，會讓人想起岡察洛夫的《奧勃洛莫夫》或卡爾維諾的《樹上的男爵》，但文中排拒世界的審美觀卻十分具有現代感。今昔之間的主要差異源自於以下觀察：在來自全球五大洲的影像、循環播送的新聞和社群網路的包圍下，每個青少年基本上都有能力全方位理解人生，既然如此又何必走出家門？黛兒芬可以花上好幾個鐘頭來談論這本小說，並立刻將費德里克．寇斯卡視為天才新銳，就算她是個容易激動興奮的人，也甚少使用這個字眼。的確，這裡還必須補充一點：《浴缸》作者的風采立刻就迷倒了黛兒芬。

兩人在簽約前見了好幾次面，一開始是在出版社，接著在咖啡館，後來則是在大飯店的酒吧裡。兩人一起討論小說和出版條件，一想到自己就要出書，寇斯卡心怦怦跳著。目睹自己的名字出現在封面上，這簡直就是在作夢。他深信自己的人生就要展開，如果沒見到姓名出現在小說上，他會認為自己始終在漂流，像個失根之人。他對文學素養豐富的黛兒芬談起自己受到的影響，彼此分享文學愛好，但言談之間從不會岔開到私領域去。黛兒芬熱切地想知道這位新作家是不是心有所屬，但卻從不允許自己唐突發問。她旁敲側擊試圖問出眉目卻一無所獲，最後是費德里克先壯起膽子：

「我可以問您一個私人的問題嗎？」

「可以啊，請說。」

「您有未婚夫嗎？」

「您希望我說實話嗎？」

「是的。」

「我沒有未婚夫。」

「這怎麼可能？」

「因為我一直在等您。」黛兒芬脫口而出，不假思索的態度把她自己都嚇了一跳。

她立刻回神過來，想推託說只是玩笑話，但她很清楚自己表達的態度十分認真，也沒有人會懷疑她一字一句的坦率真誠。當然，費德里克在你來我往的調情對話中，也很稱職扮演自己的角色，回答說：「這怎麼可能？」這樣的反應不就意味著他喜歡黛兒芬嗎？黛兒芬顯得難為情，卻也愈來愈能坦然接受自己所說的都是出於真心，一種形式最單純因而如脫韁野馬的真心話。是啊，她一直渴望一位像他一樣的男人，無論是外貌還是才智。有些人說一見鍾情就是承認早已存於心中的情愫，從第一次見面開始，黛兒芬就感受到這種曖昧，一種似曾相識的感覺，也許她甚至曾經在夢論中看見過他。

費德里克一時措手不及，不知該回答什麼，他眼中的黛兒芬是**那麼地**真誠。當她稱讚這本小說的時候，費德里克總能察覺到些許浮誇，某種必須佯裝興高采烈的職業病吧，他心想，但她剛才的語氣分明就是一記直球。他必須說些什麼，兩人往後的關係將取決於他的反應。難道他不想和她保持距離？將彼此的互動局限在這部小說和往後的創作上，但這兩件事本來就難以切割。對於如此了解他的女人，他不能無動於衷；這個女人改變了他的人生方向。費德里克身陷思緒的迷宮，黛兒芬不得已只好接著說：

「如果您沒有那麼喜歡我，您在猜想我是不是還會一樣熱心地幫您出版小說。」
「謝謝您的補充說明。」
「不客氣。」
「這樣的話，那就假設我們兩個在一起好了……」費德里克突然用戲謔的口吻表示。
「好啊，假設……」
「如果有天我們分手會發生什麼事呢？」
「您真的很悲觀欸，八字都還沒一撇，您就已經想到分手了。」
「我只是要您回答我，如果有天您開始討厭我了，您會不會把我所有的書當作廢紙賤賣？」
「那當然，這是您必須承擔的風險。」
「……」
費德里克一邊微笑一邊看著她，一切都是從那雙眼神開始。

3

兩人離開酒吧，漫步在巴黎街頭，他們搖身一變成為居住地的觀光客，漫無目的信步走著，但終究還是抵達了黛兒芬的家。黛兒芬在蒙馬特附近租了一間套房，很難界定這社區究竟是屬於低下階層或中產階級。他們步上樓梯，登上三樓，步入了前戲階段。費德里克盯著黛兒芬的雙腿，後者知道有人在觀察她，於是刻意放慢了腳步。一進到公寓，兩人便直奔床笫，在十分淡定的氣氛中躺平，彷彿最熱烈的慾望能激發同樣撩人的平靜。沒多久，他們做了愛，然後緊緊依偎在一起好一陣子。和幾個小時前還算陌生的對象突然發生親密關係，這樣奇特的轉折令兩人若有所思。轉變發生得很快，但這是一場美麗的轉變。黛兒芬的身體找到了苦心追索的靠岸處，費德里克總算感受到平靜，從前內心無以名狀的空洞如今得到了滿足。他們兩人很清楚自己的遭遇從不曾或是偶爾才會發生在其他人的生命裡。

深夜時分，黛兒芬打開燈：

「是時候談談你的合約了。」

「喔……原來這是為了談條件……」

「當然，我會在簽約前和我負責的所有作家上床，這樣比較容易保住影音版權。」

「……」

「所以呢？」

「我讓給你們，我什麼都讓與。」

4

可惜《浴缸》並不成功，而且「不成功」還算是客氣的說法。對於出版一本小說，我們可以期待什麼？儘管黛兒芬・戴斯佩羅盡了一切努力，動用自己在媒體界的關係，針對這位年輕新銳的小說格局刊載了幾篇讚譽有加的評論，卻仍舊無法改變一本小說出版後的尋常境遇。大家都以為出版就是聖杯，多少人懷抱終有一天能出版的美夢去寫作，但還有比未能出版的辛酸更深沉的打擊：出版之後卻乏人問津[4]。幾天之後，到處都找不到你的書，所以只好可悲地輾轉於各家書局之間，追尋這一切曾經存在過的痕跡。出版一本找不到讀者的小說，就等於是看清無人聞問的面貌。

黛兒芬想盡辦法安撫費德里克，告訴他這點挫折並不會動搖出版社寄予他的厚望，但這些都無濟於事，費德里克感覺到空虛和丟臉。多少年來，他始終堅信自己能夠靠著寫作成名，他也很喜歡一個年輕人埋頭寫作，而且等待即將出版第一本小說的姿態。但是現實已經為他的美夢披上一襲破衫，他現在還能期待什麼？他不願裝模作樣，對評論界給予他小說的美言佯裝得意，就像有很多作家會對刊載在《世界報》上的三行簡評沾沾自喜一樣。費德里克．寇斯卡一向懂得客觀看待自己的處境，他很清楚不該去改變自己獨特的地方。大家不看他的書，就是如此而已。「出版這本小說至少讓我遇見我的真命天女。」他安慰自己。他需要堅定走下去，帶著被軍團遺忘的士兵所需具備的信念。幾個星期之後，他重新投入小說創作，書名暫訂為《床》，他沒有明說主題是什麼，只是告訴黛兒芬：「就算可能二度受挫，床至少會比浴缸舒服一點。」

5

兩人同居在一起，意思是費德里克搬進了黛兒芬的家。為了呵護戀情不被人指指點點，出版社上下沒人知道他們正在交往。每天早上，黛兒芬出門上班，費德里克就開始寫作；他決定全程待在兩人床上創作這本小說。寫作提供了冠冕堂皇的藉口，可以整天待在被窩裡然後說「我在忙」的職業也只有作家一個。他偶爾會睡個回籠覺，開始胡思亂想，說服自己這有益於創作，但事實全然不是如此，他覺得文思枯竭。他有時會想，這個從天而降、既安逸又美好的幸福可能會有害寫作，難道

4. 理查德．布勞提根其實可以創辦另一種圖書館，專門收藏乏人問津的書籍：**視而不見圖書館**。

不是該感到迷惘或脆弱才能創作嗎？不，這太荒謬了。有人在滿足中寫下傑作，也有人在絕望中寫下傑作，所以當然不是這樣，只是他的人生中第一次有了生活的牽絆。在他埋頭寫小說的時候，黛兒芬賺一份薪水養兩張嘴。費德里克並不覺得自己是米蟲或是需要人接濟的那種人，但他接受張口吃軟飯，這算是兩人間的某種愛情誓約，畢竟他是在為她工作，是她負責出版費德里克的小說。但是他也明白黛兒芬是個絕不偏袒的裁判，兩人的戀情絲毫不會影響她對書本優劣的看法。

這段時間裡，黛兒芬出版了其他作家的作品，她敏銳的直覺持續引起眾人議論。多家出版社紛紛示好卻都被她拒絕，她依然堅守自己的崗位，當初是格拉塞給了她機會。有時費德里克還會因此吃個小醋：「是嗎？妳出版了這本書？可是為什麼？這本書糟透了。」黛兒芬回答：「別成為那些酸溜溜的作家，總覺得別人的書都不忍卒睹，我受不了得成天應付一群病態自戀狂。下班回家的時候，我希望看到一位專心創作的作家，全心全意地在寫作，其他的一點都不重要。我出版其他人的書是為了等你的**床**，我這輩子所做的一切基本上就是在等待重回你的**床**。」黛兒芬總有平息費德里克焦慮的驚人能耐，她是文學夢想家和務實女性的完全綜合體，這股力量是來自她的成長環境，來自於她父母的愛。

沒錯，就是她的父母。黛兒芬每天都會跟母親通電話，告訴她生活中的大小事。她也會和父親講電話，但是內容比較扼要，省去一些瑣碎的廢話。兩老不久前才雙雙退休。「養我的一個是法文老師、一個是數學老師，所以才造成我精神分裂的性格。」黛兒芬開玩笑說。她父親之前在布列斯特任教，母親則是在坎佩爾，下課後兩人返回克羅宗，回到位於莫爾嘉的家中。這是個遺世獨立的神奇居所，被原始的自然環境所圍繞，在這樣的環境下不可能感到無聊，光是凝視大海就足以充盈整個人生。

黛兒芬整個暑休時光都會在父母家度過，她的新房客自然也得遵循這個慣例。她提議費德里克陪她前往，可以藉此機會介紹他認識爸媽，傑哈和法比安娜。他面露猶疑，像是自己還有別的事要做。他問道：

「妳在爸媽家裡的床是什麼模樣？」

「從來沒有其他男人睡過。」

「所以我是第一個跟妳在爸媽家同床的男人？」

「第一個，但願也是最後一個。」

「真希望我可以用妳回答的口吻來寫作，總是那麼地動人、深刻、堅決。」

「你的文筆比這好多了，我很清楚，我比任何人都清楚。」

「妳真是不可思議。」

「你也不差啊。」

「……」

「我老家那裡是世界的盡頭，我們沿著海邊散步可以把一切看得很清楚。」

「那妳爸媽人怎麼樣？我寫作的時候不是很善於社交。」

「他們會諒解的。我們一家人無時無刻不在說話，但我們也不強迫任何人參與，畢竟是在布列塔尼……」

「『畢竟是在布列塔尼』是什麼意思？妳每次都這樣說。」

「到時候你就知道了。」

「……」

7

事情的進展並不全然是如此。從兩人抵達之後，費德里克就受到黛兒芬父母的熱情包圍，顯然這是她第一次帶男人來給他們認識。他們想要知道一切，所謂「不強迫」別人開口的慣例，費德里克遲遲沒有等到。一想到得交代自己的過去，費德里克就渾身不自在，而兩老也毫不遲疑探聽他的生活、他的父母和他的童年。他試著表現自己隨和的一面，在回答中夾雜一些趣味小故事，黛兒芬不難察覺這全是費德里克信口捏造，他想利用精采的故事掩蓋枯燥乏味的現實。

傑哈已經先把《浴缸》仔細讀了一遍。對一位作家來說，在出版一本無人聞問的書籍之後，碰上一位以為可以討他歡心而對此說個沒完的讀者，還真是有點折磨人。當然，這是出於一片善意，但是才初來乍到，在露台上享用第一杯餐前酒，放眼盡是舒心美景，一片大好時光卻被這本終究不算出色的小說給絆住了，費德里克覺得很難為情。慢慢地，他開始從讚美中抽離，發現小說中的缺點，還有那種求好心切的行文方式，像是每個句子都被迫成為這個作家真是了不起的立即證據。第一本小說通常都是模範生的作品，只有天才能夠在初試啼聲時就展露壞學生的風采。想要掌握敘事的呼吸吐納，了解表面下的暗潮洶湧，非得要時間的淬煉不可。費德里克直覺他的第二本小說會更好，他始終如此堅信卻沒跟任何人提起；不該用悄悄話削弱第六感的力道。

「《浴缸》是當今世界最中肯的比喻。」傑哈繼續說。

「嗯……」費德里克回應。

「您說得沒錯，大量刺激第一時間造成了騷動，但現在卻引發棄絕的念頭。擁有一切等於不再欲求任何東西，我覺得這是非常一針見血的觀察。」

「謝謝，您的稱讚讓我很不好意思……」

「好好享受吧，這裡可不是每天都這樣子。」傑哈回答，臉上帶著浮誇的笑容。

「您應該有受到羅伯特．瓦爾澤的影響吧？」法比安娜接腔說。

「羅伯特．瓦爾澤……我……是的……的確，我非常喜歡他。我之前都沒有發現，但是您說得很有道理。」

「特別是您的小說讓我想起他的短篇《散步》，他對於無所事事的描寫真是神來之筆，通常瑞士作家都比其他人擅長描寫無聊和孤單，而您的小說也有這種特質：讓空虛變得動人心弦。」

「……」

費德里克一時語塞，許多感觸讓他說不出話。他們言談中的善意，那種親切感，他有多久沒有遇到了？才不過幾句話，他們就足以撫平大眾的蒙昧所造成的傷口。他轉頭看著改變他人生的黛兒芬，後者回報以洋溢溫柔的微笑，費德里克迫不及待想要看看那張從沒有其他男人光顧過的床。在這裡，兩人的戀情似乎進階到了新的層次。

8

經過初見面的多話階段，黛兒芬爸媽就沒再多問費德里克什麼。日子一天天過去，費德里克在這陌生地區體會到寫作的樂趣。每天早上，他專心創作小說，到了下午就和黛兒芬結伴散步，走過這片從沒遇過其他人的土地；這是一處適合遁世的理想環境。所到之處，黛兒芬也很喜歡和他提起自己少女時期的回憶。過往一點一滴重新拼湊起來，現在費德里克可以好好愛上每一個時期的黛兒芬。

黛兒芬利用閒暇時間和兒時朋友見面，他們是朋友中的特殊類別，因為地理位置是決定默契親疏的先決條件。如果在巴黎，她也許會對眼前的皮耶里克或蘇菲無言以對，畢竟各自的發展如此不同。但在這裡，大家就能滔滔不絕聊上好幾個鐘頭，彼此逐年交代各自的人生經歷。黛兒芬被問到有機會遇上的大人物，「有很多人都很膚淺」，她開口說出違心之論。人們往往傾向回答旁人想聽的話，黛兒芬很清楚兒時朋友希望聽她開口批評巴黎，並從中獲得安慰。和朋友共處的時光很溫馨，但是她只有一個念頭：趕快回到費德里克的身邊。她很高興費德里克在布列塔尼可以安心寫作，也向朋友推薦他的小說，結果大家的反應是：

「有出口袋版嗎？」

「沒有。」黛兒芬支吾說。

雖然黛兒芬愈來愈受器重，但還是沒能說服任何人將這本徹底失敗的小說改版再刷，畢竟沒有任何客觀因素讓人有理由相信較低的售價可以改變《浴缸》的慘淡銷量。

黛兒芬選擇岔開話題，說起她帶來的小說；新科技的進展讓人無需在度假時拽著幾大箱行李的手稿。整個八月，她有二十幾本書要讀，它們全數存在電子書閱讀器裡。大家問及這些小說的內容，黛兒芬坦承在大多數的情況下她都無法三言兩語交代清楚。她沒有讀到任何印象深刻的稿件，但每次展讀書稿時，卻還是難掩一貫的激動興奮，或許就是這一本了？也許我就要發掘一位文壇新星？這份工作令她興奮得難以自持，她的反應就跟在花園裡尋找隱藏巧克力的小女孩一樣。另外，她還很喜歡校讀即將出版的作者手稿，光是《浴缸》她就讀了十幾遍。面對喜歡的小說時，一枚分號的拿捏就能夠主宰她的心跳。

9

當晚天氣十分晴朗，他們決定在室外用晚餐。費德里克負責擺放餐具，過程中沾沾自喜覺得自己總算還有點用處。想到可以幫忙完成一件家事，作家們總是開心的，他們喜歡用具體參與的雀躍來調和宛如雲煙的不事生產。黛兒芬和爸媽無話不談，費德里克簡直看呆了，他們總是有事情可說，他心想。和他們聊天從來就不會出現空白頁，也許這是熟能生巧的問題，從一句話衍生出另一句話。費德里克的觀察卻突顯出他無法和自己父母溝通的處境，他們有讀過他的小說嗎？八成沒有。母親試著和他建立更融洽的關係，但是要彌補缺乏關愛的往昔是很難的事。總之，他很少想起父母，他有多久沒和兩人說話了？他也說不上來。小說的失敗讓他和父母更加疏遠，他不願看到父親輕蔑的眼神，而且後者絕對會當他的面提起所有其他大受歡迎的小說。

費德里克甚至不曉得爸媽今年夏天有什麼計畫，而且兩人言歸於好他也覺得奇怪，畢竟之前分開了二十年，復合也才是最近的事。他們動了什麼念頭？無法理解自己的父母絕對是成為一名小說家的充分理由，我們可以想像兩人嘗試過著沒有對方的生活，但因為沒有碰到更好對象，最後決定尋回彼此。童年時必須不斷帶著自己的物品往來兩人之間，讓費德里克非常痛苦，結果現在兩人在沒有他的情況下重新過起了家庭生活，他應該感到自責嗎？但也許真相更加單純，就是孤單把兩個人給嚇壞了。

費德里克打斷思緒[5]，重新回到當下：

「妳成天讀這些書稿不會煩嗎？」法比安娜問女兒。

「不會啊，我很喜歡，但最近是真的有一點疲倦，沒有看到任何激動人心的作品。」

「那《浴缸》呢？妳是怎麼發現這本書的？」

「總之就是費德里克把稿件郵寄過來，然後我在堆稿件的辦公桌上發現了他的稿子，書名很吸引我。」

「我其實是親自送到櫃檯的。」費德里克補充，「我跑了好幾間出版社，心裡沒有太大的把握，結果完全沒想到隔天早上就會接到電話。」

「進展如此神速的情況應該很少見吧？」傑哈問，帶著一貫高昂的興致參與對話，就算他並不真的感興趣。

「在第一時間就回覆當然不多見，但這麼快出版也算是異數。在格拉塞出版社每年收到的郵寄投稿中，只有三到四本小說會順利出版。」

「那寄過去的書稿有多少啊？」法比安娜問。

「好幾千份。」

「我猜應該有人專門負責退稿，這算哪門子的工作啊。」傑哈歎氣說。

「一般都是由實習生負責寄送制式的婉謝信。」黛兒芬解釋。

「對哦，就是大家都很熟的：『雖然您的文章在各方面都很出色，點點點……我們還是很遺憾要通知您本書並不符合我們的出版路線……請接受我們的……點點點……』這個出版路線還真是好用。」

「沒錯，」黛兒芬回應母親，「特別是根本就沒有所謂的出版路線，這只是藉口而已。只要花個幾秒鐘瀏覽出版社目錄，就會發現我們出版的書籍都很不一樣。」

對話出現片刻冷場，這是在戴斯佩羅家中極少見到的情況。傑哈把握機會重新為每個人斟滿紅酒，這已經是今晚的第三瓶。

法比安娜接著說了一個地方小故事：

「幾年前，克羅宗圖書館的負責人打算收集所有被出版社拒絕的書稿。」

「是嗎？」黛兒芬感到很詫異自己竟然不知道這件事。

5. 他有多久沒在聽他們說話了？沒人能說得準。人類生來就具備這種特殊才能，能點頭佯裝專注聆聽旁人說話同時思索別的事情，所以千萬別妄想從任何人的眼裡看出真相。

「是啊，這計畫是好像源自美國的一間圖書館，但是我不太知道細節。我只記得當時大家議論紛紛，覺得很有趣，有人還說這是某種文學垃圾回收場。」

「胡說八道，我覺得這是一個很動人的想法。」費德里克插話。「如果沒有人要我的書，我可能會希望至少有個地方可以收留它。」

「那圖書館還在嗎？」黛兒芬問。

「還在，印象中好像滿冷清的，不過我上次去圖書館已經是好幾個月前的事了，但我有注意到最裡面的書架上還是專門存放退稿書。」

「裡頭一定有些超級糞作！」傑哈揶揄說，但似乎沒人欣賞他的幽默感。

費德里克明白傑哈應該經常受到這對母女檔排擠，基於同情他報以會心微笑，但還不至於到發出一個全然苟同的大笑。傑哈重新打起精神，坦承他覺得這個做法很荒謬。身為一位數學家，他無法想像有地方專門收藏所有失敗的科學研究或所有申請遭拒的專利，所以才會有各種指標、門檻層層把關，將成功人士和失敗之徒區分開來。他還打了個相當奇特的比方：「用愛情做比喻的話，就好像是你遭到一個女人拒絕，但大家還允許你繼續跟對方有所瓜葛……」黛兒芬和法比安娜聽不太懂這個比喻，但還是很佩服一個理性男子試圖表現感性一面的拙劣嘗試。科學家有時很愛作興比喻，但其詩意的動人程度可比一位四歲小孩的童詩（睡覺覺的時間到囉）。

10

上床之後，費德里克輕撫黛兒芬的雙腳，她的大腿，然後將一根手指停在她身體的一處端點上。

「我把手指放在這裡，妳會拒絕嗎？」他低聲說。

11

隔天早上，黛兒芬提議費德里克一起騎單車溜達，順便到克羅宗就近看看這間圖書館。費德里克原則上至少會工作到下午一點鐘，但他也迫不及待想去一探究竟，親眼目睹其他人的挫敗或許會令他好過一點。

瑪嘉麗一直在圖書館工作，體重增加了幾公斤，也不知道為什麼她對此絲毫不以為意。當初剛生下兩名男娃時，還未見任何發福的端倪，這是過了幾年之後才開始的，也許就是在她明白自己將在這裡終老一生，在圖書館裡工作到退休的時候。已成定局的未來讓她無心打理自己的外貌，她也發現丈夫對她多長了幾公斤的肉並不那麼地介意，於是她頭也不回走上這條讓自己判若兩人的不歸路。丈夫表示就算她體態發生變化也始終愛著她，瑪嘉麗大可以把這句話解讀為夫妻情深，但她更傾向把它看作是一種漠視的表現。

還有個重大轉變值得一提：年深日久，瑪嘉麗成了文學愛好者。當初她偶然進入這一行，完全不愛看書，但現在卻有能力向讀者建議書單，協助他們挑選書籍。她一點一滴讓圖書館蛻變成她心目中的模樣。她為年輕讀者規畫了一個比較寬敞的空間，辦理可以高聲朗誦的趣味工作坊。她兩個已經成年的兒子偶爾會在週末時前來幫忙，兩名彪形大漢跟他們的爸爸一樣在雷諾車廠工作，但這時卻能看到他們蜷縮著身體，對小朋友講述《一隻想知道誰在牠頭上拉便便的小鼴鼠》的故事。

特地為了退稿圖書館而來的讀者已經非常少，使得瑪嘉麗幾乎忘了它的存在。偶爾會有個賊頭賊腦的人怯生生上門，低聲表示沒人要他的書稿，是未出版作家的朋友的朋友告訴他有這麼一個地方。圖書館的名聲在一群幻滅之人之間不脛而走。

小倆口進到圖書館，黛兒芬先自我介紹，表明自己住在莫爾嘉。

「所以妳是戴斯佩羅家的女兒？」瑪嘉麗問。

「是的。」

「我記得妳，小時候妳常來這裡……」

「沒錯。」

「其實是妳母親常來這裡借書給妳看。妳是不是在巴黎工作？在出版業？」

「對啊，就是我。」

「也許妳可以幫我們免費索取一些圖書？」瑪嘉麗接著說，她打如意算盤的頭腦恰好和她的莽撞冒失成負相關。

「謝謝。」

「呃……當然，我會去看看有什麼可以幫得上忙的地方。」

「總之，我可以建議您一本很棒的小說，《浴缸》，然後免費幫您要幾本過來。」

「是嗎？我聽人提起過這本書，好像很難看的樣子。」

「不會，完全不會，而且我剛好要介紹作者給您認識。」

「哦，真是抱歉，只要是有什麼出洋相的事，全給我包辦了。」

「沒關係的，」費德里克安撫她，「我有時也會人云亦云說某一本書很爛，但其實我沒有看過。」

「可是我會去看哦，而且把它列為優先目標，畢竟克羅宗這裡可不是每天都有大明星造訪。」瑪嘉麗試著補救。

「大明星？這就有點誇張了。」費德里克支吾說。

「反正就是一個出書的作家嘛。」

「說到這個……」黛兒芬接腔，「我們來拜訪您是因為聽說這裡有間特別的圖書館。」

「我猜你們指的是退稿圖書館。」

「沒錯。」

「它就在藏書室最裡面。為了紀念創辦人，我把它保存下來，但裡面應該都是一堆很糟糕的作品。」

「那是當然，但是我們很喜歡這個構想。」黛兒芬說。

「如果創辦人顧維克還在世，他一定會很開心，他總是樂見有人關心這間圖書館，可以說這就是他一輩子的事業。他把別人的挫折昇華為自己的成就。」

「很動人的說法。」費德里克表示。

瑪嘉麗憑直覺脫口而出，並沒有察覺其中的詩意。她讓這對年輕愛侶自行前往存放退稿書的書架，一邊心想有好久沒去清掃架上的灰塵了。

III

III

1

幾天後，黛兒芬和費德里克再次造訪圖書館。閱讀這些光怪陸離的書稿讓他們十分開心，兩人有好幾次光是看到書名就發狂似地大笑不止，但在讀到私人日記的時候也經歷幾段感人的時刻，就算文筆並不好但裡面情感是真摯的。

他們就這樣度過了整個午後，完全沒留意時間的流逝。傍晚時分，黛兒芬母親焦急地在花園中等待，最後才在太陽西沉之前終於看到返家的小倆口。他們出現在遠處，前方是單車頭燈的光束。法比安娜從明確、筆直的騎車方式中，立刻認出了自己的女兒；筆直、規律的車燈光束宣告女兒到家了。費德里克的車燈光束則充滿藝術家性格，他騎車的節奏很不規律，看不出大方向，不難想像他應該很少在看路。法比安娜此刻心想兩人是天造地設的一對，一種務實和作夢的結合。

「媽，不好意思，我們手機沒電了，而且剛好有事耽擱。」

「什麼事？」

「很棒的一件事。」

「到底發生了什麼事？」

「先去叫爸過來，所有人都必須在場。」

黛兒芬用鄭重口吻說出最後一句話。

2

幾分鐘後，大家享用著餐前酒，黛兒芬和費德里克說起在圖書館度過的午後。他們輪流說著自己讀到的有趣故事，似乎有意在拖延時間，不想太快就宣布兩人的重大發現。他們提及某些令兩人發噱的書稿，尤其一些非常露骨或荒誕的內容，例如《自慰與壽司》這本對生魚片的情色禮讚。兩老不耐煩地要他們說快點，卻遭到無視。兩人順著省區裡的小徑走著，不時停下腳步欣賞風景，將敘事過程打造成一趟富有深度的信步漫遊，直到最後精采的收尾：

「我們發現了一本傑作。」黛兒芬宣布。

「真的嗎？」

「一開始，我心想有幾頁寫得還不錯，這也沒什麼好奇怪的，但接下來這個故事就完全把我給吸引住了，我完全無法停下來，最後用兩個鐘頭讀完，心裡覺得非常激動。而且描述故事的文字很奇特，簡單又充滿詩意。讀完之後，我把書稿給費德里克，我從來沒見過他如此入迷的模樣。」

「對，沒錯。」費德里克附和，似乎還深受震撼。

「這本書是在講什麼？」

「我們借了書稿，你可以自己看。」

「妳就這樣拿回家裡來？」

「對啊，我想應該沒有人會介意吧。」

「所以主題到底是什麼？」

「這本書叫作《一段愛情故事的彌留時刻》，很美的書名，內容描述一段即將結束的愛戀，書中戀人出於種種原因而無法繼續相愛，作者描寫兩人相處的最後時光。但這本小說最叫人佩服的地方，是作者平行描述了普希金的臨終時刻。」

「沒錯，普希金在一場決鬥中受傷，」費德里克接著說，「他在送命前痛苦掙扎了好幾個小時。將臨終的愛情和俄國大詩人的痛苦結合在一切，是個很了不起的構想。」

「而且書的開頭是這樣寫的：『如果沒有讀過普希金，就無法了解俄羅斯。』」黛兒芬補充說。

「真想趕快拿來看看。」傑哈表示。

「你？我還以為你不太喜歡看書。」法比安娜說。

「是啊，但是這一本讓人很想看。」

黛兒芬打量著父親，那眼神不是女兒的眼神而是編輯的眼神，她立刻明白這本小說會打動讀者，而且當然，發掘這本書的過程也會是個很有話題的出版緣起。

「作者是誰？」母親問。

「我不認識，名字是亨利・皮克，書稿上註明他住在克羅宗，要找到他應該很容易。」

「我好像在哪聽過這個名字，」父親表示，「我在想會不會就是開了披薩店很久的那個傢伙。」

小倆口盯著傑哈，後者不是個會弄錯的人，但這似乎不太可能，不過這整件事本身就很離奇。

隔天早上，黛兒芬的母親也讀了這本書，覺得故事非常動人也不會太複雜。她說：

「平行描寫普希金之死的安排，的確讓這本書釋放出悲劇的力道，其實我並不知道這位詩人的遭遇。」

「普希金在法國不太出名。」黛兒芬回答。

「他的死實在太荒謬了……」

法比安娜還想進一步談談這位俄國詩人和他臨終時的處境，但是黛兒芬打斷了她，把話題拉回小說作者身上。她思考了一整晚，有誰能寫下這樣一本書卻仍沒沒無聞？

要找到這位神秘作者的下落並不太難，費德里克在谷歌上輸入名字，找到了一則兩年前的訃聞。所以亨利．皮克再也無法得知自己的作品擁有仰慕的讀者，而且其中一位還是個編輯。必須去見見他的親友，黛兒芬心想。訃聞中提到他的妻子和一位女兒，前者孀居在克羅宗，可以在黃頁本中找到住址，要調查清楚一點都不困難。

3

瑪德蓮．皮克剛滿八十歲，先生過世後就過著獨居生活。過去四十多年來，兩夫妻經營一間披薩餐廳，亨利負責烤披薩，瑪德蓮負責外場服務，兩人這輩子的人生都是隨著披薩店的節奏來安排，退休當時就像是一場撕心裂肺的告別，但亨利的健康狀況實在難以為繼，一場突發的心臟病讓他不得已只好把店賣了。他偶爾會到披薩店裡消費，有次他告訴瑪德蓮說他覺得自己像是個目睹前妻和新歡在一起的男人。臨終前幾個月，亨利變得愈來愈鬱鬱寡歡，對一切漠不關心，對任何事都提不起勁。一向比丈夫開朗而且善於交際的瑪德蓮卻無能為力，只能眼睜睜看著他消沉下去。亨利有天在大雨裡走了很久，幾天之後就在床上嚥下最後一口氣，無從得知這是不是種偽裝成粗心的自殺方式。在死去的床榻上，他面容看起來很安詳。瑪德蓮現在多半是獨自一人打發時間，但從來不會感到無聊。有時她會坐下來刺繡，一種在她看來很可笑的消遣，但最終她也愛上了這針線活。就在完成小桌布的最後幾排針腳時，有人按下門鈴。

她毫無疑懼地開門，這舉動令費德里克很吃驚；這一帶似乎對任何形式的侵擾都不感到恐懼。

「您好，不好意思打擾了，請問您是皮克女士嗎？」

「是的，除非有反駁的證據，否則我就是。」

「您的先生是不是叫作亨利？」

「一直到入土那一刻，他的名字都叫亨利。」

「我是黛兒芬．戴斯佩羅，我不曉得您是不是認識我父母，他們住在莫爾嘉。」

「可能吧，我做餐飲看過不少人，好像有聽說過。妳小時候是不是綁著髮束，還有一輛紅色單車？」

「……」

黛兒芬驚訝得說不出話，這女人怎麼能記得這麼瑣碎的事？沒錯這就是她，有那麼一瞬間她重溫了自己紮著髮束、騎著紅色單車的兒時回憶。

三人來到客廳，一面妨礙安寧的時鐘不斷提醒大家它的存在，瑪德蓮應該早就習慣了；每一秒都是她聲音日常的一部分。散布各個角落的小擺飾讓人彷彿置身一間布列塔尼紀念品店，這間屋子所在的地理位置不容遭到片刻質疑，裡頭瀰漫著布列塔尼的氣息，連一絲曾經旅行他方的細微線索都沒有。當黛兒芬問瑪德蓮是否偶爾會去巴黎，後者毫不客氣回答：

「去過一次，太可怕了，人潮、壓力、臭氣，還有艾菲爾鐵塔，大家在那裡大驚小怪的，我真的不懂。」

「……」

「你們要喝點什麼嗎？」瑪德蓮接著問。

「好啊，謝謝，麻煩您了。」

「你們想喝什麼？」

「看您方便。」黛兒芬回答，心裡很清楚最好不要太麻煩她。瑪德蓮走進廚房，留下兩人在客廳裡，小倆口在尷尬的沉默中面面相覷，沒多久瑪德蓮就捧來兩杯焦糖茶。

費德里克出於禮貌喝了幾口，但他最討厭的就是焦糖的氣味。這間房子讓他渾身不自在，喘不過氣來，甚至讓他有些害怕，他感覺這裡曾經發生過可怕的事。這時他注意到壁爐上放著一張大頭照，是個看起來很難相處的男人，人字鬍橫斜在他臉上。

「這位是您的先生嗎？」他輕聲低問。

「是啊，我很喜歡這張照片，他看起來好開心，而且臉上帶著少見的微笑，亨利並不是個外向的人。」

「……」

瑪德蓮的回答為相對論提供了一個具體的佐證：小倆口在這張照片裡看不到一絲笑容，甚至沒有喜樂，亨利的眼神流露出的反而是深深的愁緒，但瑪德蓮卻對照片裡散發她所謂的生之喜悅評論個沒完。

黛兒芬不想催促眼前的女主人，最好讓她自己開口，隨便聊聊自己的人生、自己的先生，然後他們再表明來意。瑪德蓮談起夫妻倆之前的工作，那段亨利待在餐廳裡打理一切的時光。其實也沒什麼好說的，她最後承認，**時間過得真快**，就是這樣吧。剛才瑪德蓮提及往事的口吻似乎都很冷淡，但有股情緒突然間湧上她心頭。自從亨利過世之後，他這個人就從對話、從日常中消失，或許也從集體的記憶中給抹去。此時瑪德蓮敞開心房吐露心底話，她平常並不是這副模樣，她甚至沒多想為什麼家裡的客廳坐著兩位陌生人想聽她談談自己過世的丈夫。當一件事情帶來安慰，我們就不會去過問它的原由。一位沒有故事的男人漸漸有了清晰的面貌，生前他過著再低調也不過的生活。

「他有什麼興趣嗎？」黛兒芬過了一會兒才開口，試著加快進展的節奏。

「……」

「您在披薩店裡是不是曾經看過打字機？」

「什麼？打字機？」

「對。」

「沒有，從來沒見過。」

「那他喜歡看書嗎？」黛兒芬繼續追問。

「看書？亨利？」瑪德蓮笑著說，「我從來沒看過他在看書，除了電視指南之外，他不看書的。」

兩人的臉上流露出摻雜驚愕和興奮的複雜情緒。面對兩位訪客的沉默，瑪德蓮突然補充說：

「坦白說，我想起了一件小事。當初賣掉披薩店的時候，我們花了好幾天在整理累積許多年的家當，我記得在地窖裡有看到一整箱的書。」

「所以您覺得他可能背著您在餐廳裡看書？」

「不是的，我有問過亨利那是什麼，他回答我說是這幾年下來客人忘在餐廳裡的書。他把它們集中放在箱子裡以免客人回來找。當下我覺得有些奇怪，因為我不記得有客人把書忘在餐桌上，但是我也不是一直都待在餐廳裡，而且打烊之後我通常就直接回家，留他一個人善後。他待在餐廳裡的時間比我久，通常上午八、九點就會到，一直待到半夜才回家。」

「哇，那真是漫長的一天。」費德里克表示。

「他很樂在其中。他喜歡早上沒人打擾的時候準備麵團，更改菜單讓客人有新鮮感。他喜歡發明新的披薩口味，給它們取一些好玩的名字，像是我記得有碧姬芭杜，還有紅辣椒口味的史達林。」

「為什麼是史達林？」黛兒芬問。

「其實我也不清楚，他有時就會突發奇想。他很喜歡俄羅斯還有俄國人，他常說他們是個驕傲的民族，有點像是布列塔尼人。」

「……」
「不好意思，我必須去醫院看朋友了。現在我出門不是去醫院、養老院就是墓園，它們成了三大聖地。對了，你們是為什麼想拜訪我？」
「您必須馬上出門嗎？」
「對啊。」
「這樣的話，」黛兒芬失望地說，「那最好還是約定下一次再見面吧，因為我們需要一點時間才能把事情交代清楚。」
「哦……你們真會吊人胃口，但是我真的必須出門了。」
「很感謝您願意花時間招呼我們。」
「不用客氣，焦糖茶你們還喜歡嗎？」
「喜歡，謝謝。」黛兒芬和費德里克異口同聲回答。
「太好了，這是人家送的，其實我一點都不愛，所以只要家裡有客人，我就趁機銷些存貨。」
看著眼前兩位巴黎人驚呆的臉孔，瑪德蓮才趕緊說是開玩笑的。隨著年歲增加，她發現大家都不認為她還能保有幽默感。是啊，老人就注定要陰鬱悲傷，什麼都一問三不知，而且完全沒有一點揶揄笑鬧的能耐。

道別時，黛兒芬問起下次見面的時間。瑪德蓮語帶挖苦表示自己隨時都可以約，看他們兩位方便。他們約定好明天再見。瑪德蓮這時湊近費德里克：

「您的臉色好難看啊。」

「是嗎？」

「您應該多去海邊散步。」

「有道理，我真的是太少出門了。」

「您是做什麼的？」

「我是作家。」

瑪德蓮當場報以一個難過的眼神。

4

才剛進到住院友人的病房，瑪德蓮就提起剛才碰到的兩位訪客，同時把焦糖茶的插曲加油添醋一番，試著逗朋友開心。席薇安握緊瑪德蓮的手，表示她很喜歡這個故事。兩位老太太從小一起長大，一起在操場上玩跳繩，相互傾訴初嘗禁果的滋味，然後是養兒育女的煩惱，人生一路走到各自的丈夫幾乎同時往生，而現在她們其中一位也即將要先走一步。

5

結束這次提早收場的拜訪，黛兒芬和費德里克決定前往皮克家從前經營的餐廳吃午餐。披薩店變成了可麗餅店，這樣似乎比較合理，人們到布列塔尼來是為了吃可麗餅配蘋果酒，我們得遷就各地區的強勢美食。於是隨著新老闆的入主，餐廳客人也有了截然不同的面貌；附近的常客被觀光客取而代之。

兩人花了好一段時間打量這地方，試圖說服自己皮克是在這裡完成他的小說。費德里克覺得實在不太可能。

「這裡一點都不吸引人，又熱又吵……妳可以想像他在這裡寫作嗎？」

「可以啊，冬天的時候這裡什麼人都沒有，你可能不曉得，但是有好幾個月這裡都靜得出奇，作家需要的正是這種令人沮喪的氣氛。」

「妳說得沒錯，令人沮喪的氣氛，我在妳家寫作的時候就是這種感覺。」

「不好笑……」

兩人喜孜孜地，這個初具眉目的故事讓兩人愈來愈興奮。瑪德蓮的個性讓兩人印象深刻，他們等不及想知道明天當她得知丈夫生前暗中從事的活動時會做何反應。

女服務生過來點餐[6]。每一次都是相同的情況：黛兒芬很快就選定自己要吃的餐點（這一次她點的是海洋沙拉），費德里克則猶豫再三，一臉惶恐地瀏覽菜單，像是卡在一行病句上的作家。為了突破當下的決策困境，他環顧四周，打量其他客人盤中的餐點；可麗餅賣相還不錯，但要選什麼口味呢？他權衡著利弊得失，同時清楚自己天生帶煞，到頭來所選的都不是好吃的菜餚。為了幫他，黛兒芬建議說：

「反正你總是選錯，所以如果你想要的是火腿蛋起司，那就改點森林鮮菇。」

「對啊，妳說得沒錯。」

老闆娘默默把這段對話聽在耳裡，在遞單給先生的時候表示：「先告訴你，這是給兩個神經病的。」稍後，當費德里克享用可麗餅時，非常同意未婚妻解決了他的難題：只要違背自己的直覺就好了。

6

用餐期間，兩人反覆思索找到這份書稿的過程。

「我們找到了我們的薇薇安・邁爾。」黛兒芬表示。
「誰？」
「那位死後作品才被人發現的天才攝影師啊。」
「對哦，沒錯，皮克就是我們的薇薇安……」
「故事幾乎完全一樣，人們都很愛這一套。」

薇薇安・邁爾的故事
（一九二六—二〇〇九年）

芝加哥，一位性格有些乖戾的法裔美籍女子從事了一輩子的攝影創作，卻從不給人過目她的作品，也從未想過舉辦展覽，而且經常沒有足夠的錢來沖洗這些底片，所以連她自己都沒看過其中大多數的照片，但她很清楚自己擁有的天分。爲什麼她從不嘗試以攝影創作維生？她總是穿著寬大的洋裝，戴著那頂形影不離的舊帽

6. 對方其實是老闆娘。這間餐廳和皮克家一樣，是由一對夫妻經營。

子，從事保母工作來養活自己。受過她照顧的孩子們都忘不了她，還有那台總是掛在她身上的相機。有誰會想到她擁有異於常人的觀察力？

她在精神錯亂和一貧如洗中過世，留下了數千張照片，自從照片被人發現後，其價值便與日俱增。晚年她住進醫院，從此無法再支付儲物間的租金，裡頭存放了她藝術創作的心血。一箱箱的底片後來遭到拍賣，一位正在籌拍一部關於一九六〇年代芝加哥影片的年輕人用極低的價格買下整批底片。他在谷歌上輸入這位女攝影師的名字，沒有找到任何匹配的結果。後來他架設了一個網站，專門展示這位陌生人的攝影作品，獲得網友數百則讚譽有加的留言。薇薇安·邁爾的作品讓人無法漠視。幾個月後，年輕人再次上網搜尋她的來歷，這一次他找到的是一則訃聞，一對兄弟爲他們小時候的「奶媽」舉辦葬禮。年輕人打電話給兩兄弟，才得知自己手邊擁有其作品的天才攝影師，原來大半輩子都在從事保母工作。

這是個藝術生涯幾乎不爲人知的驚人例子。薇薇安·邁爾在乎的不是獲得認同，更無關展示自己的作品。今天，其作品巡迴全球展出，她也被譽爲是二十世紀最偉大的女性藝術家之一。她的攝影作品予觀者深刻印象，體現捕捉日常生活百態的獨到手法和特殊觀點。她死後一夕之間聲名大噪，自然和她不尋常的境遇息息相關，兩者密不可分。

對黛兒芬來說，拿薇薇安和皮克相比並非毫無根據。一位布列塔尼的披薩師傅，在秘而不宣的情況下寫就一本傑出小說，但卻從沒有打算出版，大家絕對會感到十分好奇。黛兒芬開始連珠炮似地追問自己的未婚夫：「在你看來，他是在什麼時候寫作的？是在什麼樣的精神狀態下？為什麼他從不將作品示人？」費德里克試著以小說家揣摩人物心理狀態的方式來作答。

7

皮克每天一早就抵達餐廳，瑪德蓮曾指出這一點，也許他就是在那時候動筆，趁著披薩麵團在醒麵的時候？等到太太抵達餐館才把打字機收起來，這樣一來就沒有人會知道。每個人都有自己的秘密花園，他的就是寫作，所以他不打算出版的做法也合乎邏輯，費德里克接著說，他不想和任何人分享心底的那股寫作魂。在得知有這麼一間退稿圖書館之後，他就直接將手稿存放在那裡。但黛兒芬發現到一個不合理的小地方：那他為什麼要在書稿上寫下自己的名字？隨時都有人可能會看他的名字並聯想到他。在這個秘密人生和被人識破的風險之間，存有某種矛盾，他應該非常肯定沒有人會走到這間圖書館深處東翻西找。寫下一本書，把它遺留在某處，像是只在海中沉浮的瓶子，誰曉得呢？也許某天就會被人給發現。

黛兒芬想到另一個小地方。瑪嘉麗告訴她說作者必須親自前來寄存書稿，一個保密到家的人居然會屈就於這項規定，似乎有些奇怪。他很可能認識顧維克，因為兩人當了五十年的鄰居。他們是什麼關係？圖書館員也許都立了誓，就像醫生一樣，費德里克表示，所以都必須遵守保密義務，或是皮克在寄存手稿的時候說：「尚皮耶，你過來吃披薩的時候，我希望你什麼都不要提……」對一位匿跡的文學天才來說，這句話顯得有些薄弱，但也許真相就是如此。

黛兒芬和費德里克樂此不疲地拼湊各種可能性，試著找出小說中的小說。這時費德里克靈機一動：

「我把這個故事寫下來好不好？就是發現這本小說的來龍去脈。」

「好啊，這是點子非常好。」

「我可以把書名叫作《在克羅宗發現的手稿》。」

「很美的名字。」

「或是《退稿圖書館》，妳喜歡嗎？」

「喜歡，這個更好。」黛兒芬回答，「反正只要你給我出版而不是給伽利瑪，什麼書名我都沒有意見。」

8

當晚在戴斯佩羅家，大家開口閉口都是這本出色的小說，法比安娜覺得它頗具個人色彩：「看起來還是像自傳，而且故事又是發生在這裡……」黛兒芬沒有多想作品中的私人面向，她希望瑪德蓮不會有這種感覺，否則屆時她可能會反對出版。之後有的是時間可以爬梳皮克的生平，探究其中究竟有沒有個人的呼應對照。這位年輕的女編輯最後決定把母親的看法當作是種激勵：當我們喜歡一本書，就會想要知道更多。哪些是真的？作者親身經歷了什麼？比起其他訴求形象的藝術，文學創作不斷挖掘內心世界的程度深刻多了；達文西永遠不會像創作出《包法利夫人》的福婁拜那樣說出：「蒙娜麗莎就是我*。」

*據說在一次被問及《包法利夫人》人物的創作原型時，作者福婁拜（Gustave Flaubert, 1821-1880）表示：「包法利夫人就是我。」（Madame Bovary, c' est moi.）。

當然現在還不該想得那麼遠，但是黛兒芬已經可以預見讀者們深入挖掘皮克的生平。這本書一旦出版，她有預感什麼事都可能發生，就算目前很多事都說不準。有許多失敗的出版案例都要歸咎於編輯太篤定自己手中的會是暢銷書，反觀有許多成功的作品，卻都是無心插柳的結果。現在該做的是說服皮克家的未亡人。

費德里克覺得給瑪德蓮取「**黑桃女王**」*這個綽號很好笑，但黛兒芬卻笑不出來，這是很正經的事，瑪德蓮必須簽下合約。費德里克試著安撫她說：

「她有什麼理由好拒絕的？發現自己原來這輩子都在跟披薩界的費茲傑羅作伴不是很好嗎……」

「那當然，可是她也會發現原來跟自己一起生活的是個陌生人。」

黛兒芬擔心到時候可能會引發很大的衝擊，畢竟瑪德蓮曾信誓旦旦說丈夫從來不看書，但費德里克或許也沒錯，這會是個讓人對皮克另眼看待的好消息，畢竟也只是透露她丈夫生前寫了一本小說而不是有小三[7]。

接近中午時分，黛兒芬和費德里克按下皮克女士家的門鈴，她很快應門請兩人入內。為避免太過開門見山，大家隨口聊了聊天氣，還有瑪德蓮昨天去探視的住院友人。費德里克開口打聽對方的情況，但他對於不太在乎的事物其實沒有什麼佯裝關心的天分。瑪德蓮回答說：

「您是真的關心嗎？」

「……」

「我還是去泡茶吧。」

瑪德蓮溜進廚房，黛兒芬趁機用目光掃射費德里克。在愛情裡，我們有時會將另一半刻板化。對黛兒芬而言，費德里克是個社交障礙的典型；在費德里克眼中，黛兒芬就是個無可救藥的心機女。她低聲訓斥了幾句：

「現在不是獻殷勤的時候，看得出來她欣賞的是直接坦率的往來。」

「我只是想建立互信的氣氛，而且妳也不用裝清高了，我很確定妳已經把合約

7. 有些人會說都一樣。

＊法文中的皮克女士（Madame Pick）唸起來很接近黑桃女王（Dame de pique）。

給印好了。」

「我？才沒有，它只是在我的電腦裡而已。」

「我就知道，我已經看透妳了。那版稅的部分，妳的合約是怎麼寫的？」

「百分之八。」她有些難為情地承認。

「那影音版權呢？」

「五十五十，業界一般的算法。你覺得這本書可以改編？」

「可以啊，這會是部很棒的電影，美國人或許還會拿去翻拍。故事可以發生在舊金山，在一片雲霧繚繞的景色之中。」

「焦糖茶好了。」瑪德蓮開口。她突然現身客廳，打斷兩人興致高昂的合約對談。她能想像在兩位訪客脫離現實的白日夢裡，他們已經在考慮由喬治·克隆尼飾演她丈夫嗎？

昨天的時鐘依舊困擾著費德里克，他心想在這一方受到滴答聲支配的空間裡，人怎能擁有清楚的思緒。他試著把握秒鐘之間的無聲空檔去思考，但這就像嘗試在雨日中穿行於雨滴之間一樣異想天開。他覺得最好還是讓黛兒芬開口，她很清楚該怎麼做。

「您知道克羅宗的圖書館嗎？」她開口問。

「當然知道啊，而且我還跟之前的圖書館員顧維克很熟；一個老實人，愛書成癡。你們為什麼問我這個？是希望我去借書嗎？」

「不是的，完全不是。我們提這件事是因為這間圖書館有一個特色，也許您也曉得？」

「不，我不知道。好了，別再兜圈子了，快點告訴我你們想要什麼，我可沒有來日方長的本錢……」她用一貫的挖苦口吻回應，兩位訪客當場噤聲，臉上也不再一味掛著笑容。

黛兒芬於是娓娓道來，但仍不算是直截了當地觸及主題核心。為什麼這個女孩子要來家裡跟她重提地方圖書館的創舉？瑪德蓮思忖著，她完全不意外顧維克會提出這個退稿圖書館的構想，出於禮貌和對往生者的尊敬，她提起他愛書成癡的性格，但在她眼中，他其實有點瘋癲。大家說他很有文化，但瑪德蓮一直把他看作是個長不大的青少年，完全無法過大人的生活。每次瑪德蓮遇見顧維克，後者總令她想起一列出軌的火車。另外，她也知道一些內幕，因為她認識顧維克太太。大家對她離家的原因莫衷一是，但瑪德蓮知道真相，她知道為什麼顧維克的妻子會離開。

如果想要達到目的，就必須想辦法聊下去，黛兒芬盤算著。於是她為這間圖書館的來龍去脈補充了許多的細節，其中有些根本是無中生有，費德里克看在眼裡佩服得不得了，甚至心想她才應該是小說家。她運用高明的見識來渲染一個對她來說很遙遠的年代，任誰都可以感受到她發自內心的真誠。最後，黛兒芬直接言歸正傳，提出與亨利有關的問題，瑪德蓮侃侃而談，彷彿亨利還在身邊。她看著費德里克表示：「您坐的那張沙發是亨利的位子，其他人都不可以坐在上面。每天深夜他回到家就喜歡坐在那裡，那是他喘息的時刻。我喜歡看著他，看著他放空的神情，沙發讓他獲得休息，再說他幾乎沒日沒夜地工作。有天我試著計算他完成的披薩數目，我認為應該有一萬片以上，這可不是個小數目啊，總之沙發讓他覺得很舒服……」費德里克想要換位子，但瑪德蓮出聲制止：「不必費心了，他不會回來了。」

這個看似嚴厲又愛挖苦人的老太太，現在換上一張富有人情味又令人動容的面貌，這轉折就和昨天一樣，只要提起丈夫，她就會坦然面對自己的處境：一位悲慟的未亡人。黛兒芬開始猶豫，也許揭露真相會令她無法承受？頃刻間，黛兒芬用眼神向費德里克示意，她想要就此打住。

「可是為什麼你們要問我關於過去的這些問題？」瑪德蓮問。

沒人開口回答，當下是一陣尷尬的沉默，就連時鐘的滴答聲在費德里克耳中都變輕了，還是他已經漸漸習慣了？

黛兒芬總算開口：

「在這間退稿圖書館裡，我們發現您的先生寫了一本書。」

「我先生寫的？這是在開玩笑吧？」

「書稿上的署名是亨利．皮克，而且據我們所知沒有其他人叫作亨利．皮克，而且他也住在克羅宗，所以只可能是他。」

「我先生寫了一本書？老實說，我才不相信，他連信都沒寫給我過，連一首情詩也沒有。不可能，我完全不認為他會寫作！」

「可是真的是他，也許他每天早上會在餐廳裡寫寫東西。」

「而且他也從來沒送過花給我。」

「兩者是有什麼關聯嗎？」黛兒芬問，覺得很驚訝。

「我不知道……就隨口說說……」

費德里克覺得寫作和花朵之間的連結非常動人，瑪德蓮的思緒裡有種絕美的觸類旁通，彷彿寫作天分的視覺意象是一片片的花瓣。

10

瑪德蓮接著說下去，但始終對兩人的說法抱持懷疑的態度，也許是有人把亨利的名字寫在書稿上，假冒了他的身分？

「不可能，顧維克只接受作者親自寄存的手稿，而且受理日期可以回溯到圖書館一開始創立的時候。」

「你們希望我相信顧維克？是誰跟你們說他沒有假冒我先生的名字？」

「……」

黛兒芬頓時語塞，畢竟瑪德蓮也沒說錯，目前除了手稿上的名字之外，沒有其他證據指出是皮克寫了這本小說。

「您的先生喜歡俄羅斯……」費德里克提醒，「這是您跟我們說的。」

「是啊，那又怎樣？」

「他的小說提到了俄國最偉大的詩人，普希金。」

「誰啊？」

「普希金，他在法國的讀者不太多，要真心喜歡俄國文化的人才知道這號人物……」

「你們也太誇張了，並不是因為他做了史達林披薩就成了普希金專家，我真的覺得你們兩個很奇怪。」

「最好還是您自己讀一讀小說，」黛兒芬插話說，「我肯定您會發現您先生的語氣。您曉得，擁有私下愛好而不願跟人分享是很常見的一件事。」

「不會啊，我喜歡刺繡，我不懂有什麼理由要瞞著亨利。」

「那秘密呢？」費德里克接著說，「在你們的夫妻生活中，您一定有些事情瞞著先生，每個人都有自己的秘密不是嗎？」

瑪德蓮不喜歡這段談話的轉折，他們自以為是誰？而且小說這件事，她實在無法置信。亨利……作家？拜託……就連餐廳黑板上的本日套餐都是瑪德蓮自己動筆的。那他怎麼有辦法說得出一位俄國詩人的二三事？還有書中的愛情故事？這是剛才那兩個人親口說的。一個愛情故事，亨利寫的？他從來就沒寫過任何情書，結果創作出一整本小說，得了吧，完全不可能。他唯一留給她的片語隻字，全是關於披薩店的後勤補給：「記得再去買一些麵粉；打電話請木匠做新的椅子；訂購奇揚地葡萄酒。」結果這個男人寫下了一本小說？她無法相信，但經驗告訴她，人總是會有令人意想不到的一面，她就聽過好幾個雙面人生的故事。

瑪德蓮開始細數自己沒有告訴亨利的事情，關於她的內心和不為人知的部分，所有她對亨利隱瞞或與事實有出入的一切大小事。亨利知道她的喜好和她的過去，她的憎惡和她的家庭，但其他的亨利都一無所知。他不知道她的夢魘和她的渴望；他不知道她在一九七二年認識的小王，以及之後再也沒見到對方的痛苦；他不曉得她口非心是，一直希望再生一個孩子，但真相是她無法再懷孕生子。瑪德蓮愈是尋思，愈是認同丈夫並沒有完整地認識她，於是她也接受了小說這件事有可能是真的。她完全把亨利給刻板化了，的確他不看書，而且對文學似乎也不感興趣，但她始終覺得亨利看待人生的方式十分獨特。她常說他有種高尚的情操，從不批判他人，總是會花上好一段時間才說出對旁人的看法。他是個謹守分寸的男人，抽離世界來理解世界的念頭讓他感到自在。在細細勾勒亨利面貌的過程中，瑪德蓮漸漸放下了對丈夫可能是作家的懷疑。

幾分鐘後，她甚至告訴自己這是有可能的。是的，希望不大，但還是有可能。另外，還有一項原因促成了這個轉變：她喜歡這種昨日重現的感覺，只要能讓她和亨利再次貼近，她什麼都願意去相信，就像有人迷信招魂法術一樣。也許亨利是要把這本小說獻給她？用意想不到的方式與她重逢，告訴她說自己仍在她身邊，而這本小說是為了在她耳邊傾訴自己的存在，讓兩人的過往得以延續下去。這時瑪德蓮開口：「我可以看看他的書嗎？」

11

在返回莫爾嘉的路上，費德里克試著安慰自己失望的未婚妻，沒有立刻談到出版的細節沒什麼大不了的，一切都需要慢慢來，讓瑪德蓮可以逐漸接受突如其來的消息。看完小說之後，她的懷疑就會一掃而空，屆時就可以乘勢讓這本書出版。曾經和寫下這本小說的男人相伴，她一定會感到非常驕傲，她也可以說自己就是作品的靈感泉源，開啟繆斯女神的生涯並沒有年齡限制。

12

讀者總是會以某種方式在書中找到自己，閱讀是種全然自戀的忘情投入，讓人無意識地在其中尋找共鳴，就算作者寫下的故事極盡荒誕離奇、天馬行空之事，也總是會碰到讀者對他說：「真是不可思議，您寫下了我的人生經歷！」

在瑪德蓮身上，這種感受完全可以理解，或許是因為這本小說可能是她先生所寫的緣故，於是她比誰都專注捕捉其中對兩人生活的影射。書中描寫布列塔尼海岸的方式頗令她無言，對於一個生於斯長於斯的男人來說，這文筆略嫌輕描淡寫。

這當然是一種表達故事背景並不重要的方式，重要的是內心世界、刻畫情感的精準度，它們占去了全書極大的篇幅。書中關於性事的描寫令瑪德蓮感到訝異，因為已經到了情色的地步。在瑪德蓮眼中，亨利的表現向來很體貼但是有些粗魯，態度殷勤但算不上是浪漫。小說人物間的情感是如此細膩入微但卻令人難過，溫柔纏綿之後就是相忘離別，每個撫觸都帶著絕望的狂熱。為了描寫一段情事告終的最後幾個小時，作者用緩慢燃燒的蠟燭做比喻，而火光就要熄滅。燭火使勁掙扎，看似熄滅卻仍在燃燒，它的存續如此悲壯，持續了好幾個鐘頭，不斷寄予希望。

她的丈夫如何能想到如此絲絲入扣的表達手法？老實說，閱讀小說的過程將瑪德蓮帶回到兩人剛談戀愛的時候。一切都回來了，她記得兩人十七歲的那年夏天，她必須和父母前往法國北部兩個月，去拜訪當地的家族成員。他們正在相戀，分離令兩人十分痛苦，於是一整個下午他們都緊緊依偎在一起，試著把對方牢牢記住，同時承諾彼此會永遠惦記這段戀情。瑪德蓮完全忘記了這段往事，但它卻為此生姻緣鋪了路。被迫與對方漫長一別讓兩人的愛情更加堅貞，當九月兩人重逢的時候，他們承諾彼此今後都不要再分開了。

瑪德蓮深受感動，原來丈夫一直害怕會再失去她，並在後來將這份恐懼訴諸文字。她不明白為什麼亨利不想把小說給她看，但他一定有他的考量。現在可以確定了，亨利寫了一本書。瑪德蓮放下了最初的懷疑，全然接納這個新的事實。

13

讀完小說後，瑪德蓮打電話給黛兒芬，她的聲音經過感觸的浸潤而改變。她想要表達這本小說十分動人，但卻說不出口，她選擇請這兩位年輕人隔天再過來家裡一趟。

她在夜裡轉醒，隨興重讀了幾頁。這本小說帶著過世兩年的亨利來看她，就像在告訴她說：「不要忘記我。」可是她一直沒忘啊，當然不是無時無刻地惦記，但她還是經常想起他。不過事實上，她已經很習慣一個人過日子了，大家都讚許她的堅強和勇氣，但這其實沒有那麼難。她已經準備好面對生命的終點，用近乎淡然的態度來迎接它。有些看似難以承受的事物，要習以為常其實遠比想像中容易多了，結果現在，亨利用小說的形式重新回到了她身邊。

面對眼前的年輕愛侶，瑪德蓮試著用言語表達自己的感受。

「亨利用這種方式再次現身還真是奇怪，我覺得好像揭穿他什麼的。」

「不是的，您千萬別這麼說。」黛兒芬回應，「他之所以保守秘密，肯定是因為對自己沒有信心。」

「真的嗎？」

「是啊。或是他什麼都沒跟您提起，是為了要給您一個驚喜，可是找不到人願意出版，他只好把書稿收藏起來。後來顧維克創辦了退稿圖書館，他心想剛好很適合來存放稿件。」

「或許吧，總之我不是專家，但我覺得故事很動人，詩人的部分也很有意思。」

「是啊，這真的是一本很棒的小說。」黛兒芬強調。

「我覺得亨利的靈感是來自我們曾經分開兩個月的經歷，當時我們十七歲。」瑪德蓮補充。

「是嗎？」費德里克追問。

「是的，當然，他更動了很多東西。」

「這很正常，」黛兒芬說，「這是一本小說。可是假使如您所說，您在書中看到了自己，那現在一切就真相大白了。」

「話是沒錯。」

「您似乎還是無法完全相信？」

「我不知道，我有點不知所措。」

「我了解。」黛兒芬說完把一隻手放在瑪德蓮的手上。

過了一會兒，瑪德蓮接著說：

「我先生在頂樓留下了好幾箱東西，但是我沒有辦法爬上去。他過世的時候，喬瑟芬有上去看了一下。」

「她是您女兒？」黛兒芬問。

「是的。」

「那她有找到什麼值得注意的東西嗎？」

「沒有，她跟我說都是一些帳本和餐廳的檔案資料。我們應該要再去看一下，當時喬瑟芬只是來一下就走了，亨利可能有留下解釋或是另外一本書。」

「是啊，是該去看看。」費德里克一邊說一邊往廁所溜去。坦白說，他是想讓黛兒芬和瑪德蓮獨處，因為他有預感黛兒芬準備要提出版的事。

費德里克在屋裡閒逛，仔細看了看臥室，發現裡頭有男人的拖鞋，應該是亨利的[8]。他端詳拖鞋好一會兒，看著它們他就能了解皮克。他像是赫曼·梅爾維爾筆

8. 費德里克心想他死後會有女人把他的拖鞋保存下來嗎？

下的主人公巴托比，一位不斷表示自己**寧可什麼都不想做**的書記員，決心掙脫一切的有所作為，這個人物後來成為棄世的象徵。費德里克向來很欣賞這種對社會不滿的人物，並以他為藍本寫下了《浴缸》。我們可以說皮克也是如此，他的態度傳達某種將世界拒於門外的形式，像是暗地裡有股志向在驅動他，在一個人人都想出鋒頭的時代裡逆勢而上。

IV

1

一部重量級作品的傳聞在出版社的走廊上流傳開來，黛兒芬很清楚出版前置階段沉默是金的道理，讓神秘感生根常駐，就算放出幾個假消息也無傷大雅。大家問她究竟是什麼書，她只簡單回答作者是位已故的布列塔尼人；某些回答總有終止一段談話的能耐。

2

費德里克滿臉醋意：「妳現在只顧著皮克，那我的**床**呢，妳沒興趣了嗎？」黛兒芬費心安撫，時而用言語、時而用身體。她在穿著上投其所好，好讓他投其所好地將那襲衣著給脫去。他們的慾望無需助興手段就足以熾熱高漲，肉體之愛仍是他們最自在的對話形式。從相識到現在，時光飛逝，加速度讓分秒幾乎無從喘息，因此厭倦似乎還只是個無從到達的異域。

其他時候，就必須找到適當的言語加以安撫。費德里克時不時就要吃皮克的醋，未婚夫偶發性的中二病令黛兒芬感到心煩。寫作過量會讓人心智倒退，當他搬演懷才不遇那一套，黛兒芬就想去搖醒他，但說穿了，她是喜歡他懼怕的模樣。她覺得自己對這個男人是有用處的，他的脆弱在她看來並不是深不可測的裂隙，而只是表面的傷口。費德里克是個冒牌的弱者，他的堅強就藏在漫無目的的遊蕩背後，他同時需要這兩股矛盾力量才能寫作。他感到茫然和憂愁，但心中卻牽絆著一個務實的抱負。

還有一件事需要提出來：費德里克討厭約會。要會見某人並前往咖啡廳談事情的做法，是最令他提不起勁的一件事。他認為人類彼此約見，在一到兩個小時的時間裡互相告知近況，是很不合時宜的一種做法。他寧可和城市交談，也就是散步的意思。整個上午都用來寫作之後，他會走遍大街小巷，試著觀察眼前的一切，特別是女人。他偶爾會經過書店，心酸的感受依舊。他進到這個會令所有出版小說的作家感到沮喪的地點，用搜尋自己的作品來自虐。當然，到處都找不到《浴缸》這本書，但也許會有一間書店忘了把書退回給出版社，或希望把它留在架上？他不過是在找尋存在的證據，因為懷疑不斷折磨著他。他真的是出版作家嗎？他需要現實狠咬他一口才能確定。

有天，他偶然遇到前任女友，阿佳特，兩人有五年沒見了，那是個全然不同的時期。這次相遇讓費德里克的思緒回到他還是另一個人的階段，阿佳特見證了費德里克的未完成體，一個仍在草稿階段的他。今天的阿佳特比以前更美，彷彿從前在他身邊時她從未真正快樂過。兩人分手時很平靜，是兩造協議的結果。協議這冰冷字眼將伴侶關係看作是紙合約，最終揭示出對彼此缺乏愛意的共識。他們相處得還不錯，但是分手後卻從未再見面；他們不再打電話給對方，不再告訴對方自己的近況。沒有什麼好說的，他們曾經愛過對方，然後就是不愛了。

但是一定會碰到對方問及現況的時刻：「你現在怎麼樣？」阿佳特問，費德里克想回答說：「不怎麼樣」，但最終還是選擇提起自己正在寫第二本小說。阿佳特頓時雙眼發亮：「是嗎？你出過書？」她似乎很高興他終於實現夢想，但卻沒發現自己剛踐踏到了他的痛處。就連這個他愛過的女人，曾經交往近三年的女人，而他還清楚記得腋下氣味的女人都不曉得他出版了《浴缸》，那真是令人難忍的徹底失敗。費德里克佯裝自己對這次的不期而遇感到開心，然後連一個問題也沒問就逕自離去。阿佳特心想他還是老樣子，一切都必須以他為中心，但卻完全沒想到自己剛才深深地刺痛了他。

這是另一種層次的自戀創傷，它觸及的是所謂的內心領域。換句話說，他不允許阿佳特忽視他出版了一本小說，然而他看重這個訊息的程度卻令自己都大吃一驚，所以寧可立刻中止兩人的談話。後來，他突然又想去挽回她，所幸阿佳特還是老樣子，走路很慢，她行走的方式就如同深耕精讀一本小說那樣。費德里克走到她身旁，觀察她幾秒，然後在她耳邊說出她的名字。她轉過頭去，一臉驚恐的模樣。

「哦，是你！你嚇到我了。」

「不好意思，我想說剛才實在太匆忙了，妳都還沒告訴我妳的近況，一起去喝杯咖啡怎麼樣？」

3

瑪德蓮對於丈夫竟然沒告訴她自己對文學的熱愛感到難以釋懷。亨利的過去有了不同的面貌，就像我們用一個全然不同的視角來欣賞一幅畫或一片風景一樣。瑪德蓮覺得很不是滋味，猶豫著該不該說謊，她大可以表示自己其實知道亨利寫了一本書，誰又能拆穿她？可是不行，她不能這麼做，她必須尊重亨利沉默的遺願，可是他為什麼要對她隱瞞這一切？這本小說在他們夫妻之間畫出了一道鴻溝，她認為亨利絕不可能用兩星期就寫完這本書，應該至少是好幾個月，甚至是好幾年的成果。他每一天都藏著這個秘密過日子，而每晚當兩人同床共枕的時候，他應該還在想著這本小說，但是一開口，亨利提起的卻總是和客戶或供應商之間的問題。

還有另一個問題困擾著她：亨利是真的希望出版自己的小說嗎？但如果他把手稿寄放在圖書館裡而不是直接丟了它，那他應該是希望有人去讀吧。不過一切都很難說，她又如何能得知亨利真正的想法是什麼？眼前的一切如此混亂。過了一會兒，瑪德蓮心想這是種紀念亨利的方式，這是最要緊的一點，人們會提起他，就像他再次活過來一樣。這是藝術家才有的特權，留下作品來違逆死亡。萬一這只是個開端呢？他生前是不是還做了其他的事正留待後人發現？或許他是那種在缺席的時候才能充分表露自我的人。

自從亨利過世後，瑪德蓮從沒想過要爬上頂樓，亨利在裡頭堆了幾箱東西，一些經年累月留下的物品，她甚至不知道裡面放的是什麼。喬瑟芬上次過來只隨便看了一下，現在應該要仔細翻找，也許可以在裡頭找到另一本小說？但是要爬上去還真麻煩，必須藉助梯子，瑪德蓮自己是做不來的。她心想這剛好切中亨利的心意，他想放什麼就放什麼，而我絕不會爬上去。瑪德蓮需要女兒幫忙，她也可以藉此機會告訴她爸爸留下一本小說的事。瑪德蓮實在無法先告訴她這件事，的確母女倆並不常說話，早一點告知這件事也沒什麼不妥，但實際的原因是這本小說的出土讓瑪德蓮和亡夫建立起新的關係，這是他們兩個人的世界，她無法將女兒納入其中。不過她也無法繼續瞞著女兒，小說很快就要出版，喬瑟芬的反應一定會和她一樣，驚訝得說不出話來。另外，瑪德蓮害怕母女相見還有另一個原因：這女兒總是令她感到心煩。

4

喬瑟芬年紀差不多五十出頭，失婚之後就放任體重增加，她無法在不喘氣的情況下，有頭有尾地說完兩個句子。幾年前，她的兩個女兒和丈夫同時離開了家裡：前面兩位是離家過自己的生活，後者則是為了離開她過自己的生活。在付出一切——她似乎是這麼認為的——為家裡每個人建立一個能自在生活的日常之後，她最後卻是孤單一個，劇烈的情緒起伏總是在愁緒和攻擊性之間來回波動。眼睜睜看著這位原本大家口中充滿活力、坦率正直的女子沉淪在憂鬱的情緒裡，多少會令人感到難過。原本可以是一場暫時的風暴、一次有待克服的考驗，但痛苦卻從此生根常駐，在她的軀體植上一張傷心和苦澀的新皮膚。所幸她樂在工作，經營了一家內衣店，成天窩居其中，保護她不會受到粗暴對待。

她的兩個女兒一起在柏林開了間餐廳，喬瑟芬有時會去探望她們。信步走在這座現代中帶著歷史傷疤的城市裡，她心想人之所以能夠放下創傷，並不是因為遺忘而是因為接納，就算是在多災多難的環境下，我們也能夠構築幸福，但是嘴巴說說遠比親身經歷容易得多，而且人類不是城市，並沒有那麼多時間去自我重建。喬瑟芬經常和女兒通電話，卻無法從中得到安慰，她想要見到她們。前夫偶爾也會打電話給她，關心她的近況，但他的態度看起來就像在做苦差事，某種離婚附帶的售後服務。他總是對新生活帶來的快樂輕描淡寫，但其實沒有她在身邊他高興得不得了。當然，他不喜歡去回顧身後留下的爛攤子，而且人一旦上了年紀，及時行樂就成了王道。

後來兩人愈來愈不常聯繫，最後索性就不聯絡了。喬瑟芬已經有好幾個月沒和馬克說話，就連他的名字她也不允許自己說出口，不願把他掛在自己的嘴邊，這是她違逆自己身體的小確勝。但她的思緒卻無時無刻不被他占據，還有雷恩這座兩人一同生活過的城市，而現在馬克和新女友也住這裡，離開的那一方至少要有點自覺主動搬離才對。喬瑟芬把這座城市看作是她感情挫敗的共犯，地理位置總是站在勝利者的那一方。喬瑟芬成天害怕會巧遇前夫，冒失直擊他幸福的模樣，於是她再也不跨出社區半步，跨出她的**傷心之城**。

除了婚姻的挫敗之外，還得再加上她父親的過世。很難說他們父女關係親密，因為亨利是個甚少表示關懷的父親，但他總是以保護者的姿態存在。小時候，喬瑟芬會在餐廳裡看他做披薩，一待就是好幾個鐘頭。亨利甚至會為她製作專屬的披薩，並將這個巧克力口味的成品命名為喬瑟芬。看見爸爸如此英勇地迎戰巨大窯爐，她覺得很了不起，而亨利也很享受女兒崇拜的目光。在孩子眼中，要成為一位英雄並不難。喬瑟芬經常想起這段失落的時光，往後她再也無法踏進任何一間披薩餐廳。她很樂見女兒傳承家族從事餐飲的衣缽，製作布列塔尼可麗餅讓德國人享用，將家族的脈絡建立起來，但是現在還剩下什麼？感情挫折加深了她對父親的思念，也許只要把頭靠在爸爸肩上，一切就會安然無恙，就像從前一樣。他的身軀是能夠抵擋一切的堡壘，有時在宛如現實的夢境裡可以看見爸爸的身影，但他在深夜的拜訪中卻從不開口。他輕輕飛掠她的夢境，就像他對待自己的人生，總帶著使人安心的沉默。

喬瑟芬很欣賞父親的一點：他絕不浪費時間批評別人，他心中自然有他的定見，但絕不無謂浪費自己的精神。我們可以說他個性內向，女兒卻總是將他視為某種與世界脫節的智者。但現在他離開了，在克羅宗的墓園裡腐化，喬瑟芬的處境也是如此，她活著，但活著的理由卻已經被埋葬；馬克拋棄了她。他們兩夫妻的決裂的確令瑪德蓮感到難過，但她不明白為什麼女兒走不出來。出身寒微、經過戰爭洗禮的瑪德蓮，總覺得那些小情小愛的哭哭啼啼是現代人才有的毛病，該做的是重新過日子而不是咳聲嘆氣。這句話總是會惹毛喬瑟芬，她究竟糟蹋了什麼，為什麼大家都要她重新來過？

不久前，她開始定期到社區教堂報到，信仰給了她些許安慰。坦白說，吸引她的並不是信仰，而是教堂的環境。這是一處超脫時間的場所，不會遭受人生無常的粗暴對待。比起上帝，她更相信上帝的居所。兩個做女兒的對媽媽的轉變感到憂心，認為這完全和媽媽一貫的老派務實態度格格不入，兩人在國外敦促媽媽多出門，維繫社交生活，但她始終提不起興致。為什麼親友們總想盡辦法要她療癒傷口？我們有權不要讓情傷痊癒。

為了迎合她的一群女性友人，她還是同意了幾個約會安排，但每一次的氣氛都很低迷。有一次男方開車送她回家的途中，把手伸進她的大腿之間，笨手笨腳地找尋她的陰蒂，這甚至是在親吻她之前。如此粗魯的侵犯令喬瑟芬飽受驚嚇，她冷不防地把對方推開。但男子仍不死心，接著在她耳際吹送低俗生猛簡直令人作嘔的字眼，以為這樣可以撩撥她的性慾。喬瑟芬大笑不止地下了車，事情完全不在預料之中，但這實在是太痛快，她好久沒這麼笑過了。她下車之後仍笑個不停，男子肯定對自己的猴急感到自責，後悔初次見面的當晚就提議要給她上手銬，可是書上都說女人很愛這一套。

5

回家路上，喬瑟芬又想了想母親說的話：「妳必須回來看我，有急事。」她在電話裡什麼都不肯說，只表示不是什麼嚴重的事。這樣的情況很少發生，甚至可以說是前所未見。瑪德蓮從不向女兒索求什麼，而且說實話，母女兩個也很少說話，這是最好的做法，以免過度突顯兩人之間的差異，也好避免爭吵；沉默是平息紛爭最好的良藥。瑪德蓮對女兒的自怨自艾感到疲乏，但喬瑟芬需要的只是一個溫柔的表示，希望母親將她擁入懷裡。千萬別將表面上的冷漠解讀為必然的漠視，這只是世代差異的問題，大家相愛的程度並沒有打折，只是不常表現出來。

每一次回到克羅宗，喬瑟芬都睡在小時候的房間裡，每一次回憶都歷歷在目。她回想自己是個淘氣的小女孩、愛抱怨的少女、愛打情罵俏的年輕女子。每一個階段的喬瑟芬都在這裡，就像作品回顧展一樣。這裡什麼都沒改變，就連母親在她眼中都還是那位永遠看不出年紀的婦女，就算在今天也是如此。

喬瑟芬親吻母親，隨即開口詢問是什麼急事，後者捺住性子，先去泡茶再從容不迫地就定位。

「我有一個關於妳爸的消息。」

「什麼？別告訴我他在外面有小孩。」

「不是，完全不是。」

「那是什麼？」

「有人發現他寫了一本小說。」

「爸爸？小說？胡說八道。」

「但的確是真的，我看過了。」

「他從來沒動過筆耶，就連生日卡片也都是妳代筆的。他連一張明信片都沒寫過，結果妳現在要我相信他寫了一本小說？」

「我跟妳說這是真的。」

「是哦，我知道這種把戲，妳以為我重度憂鬱，所以就胡說八道要我有所回應；我看過相關的報導，叫作『謊言療法』對吧？」

「……」

「我不懂就算我咳聲嘆氣是礙著妳什麼了，這是我的人生，就是這樣。妳總是隨時隨地樂天開朗，大家都喜歡妳，欣賞妳那討人喜歡的個性，那還真不好意思沒辦法跟妳一樣，我就是軟弱、焦慮、死氣沉沉。」

瑪德蓮不發一語，只是起身把手稿拿來遞給女兒。

「夠了……妳演完了沒？書在這裡。」

「可是……這是什麼？食譜嗎？」

「不是，是小說，愛情小說。」

「愛情小說。」

「而且這本書會出版。」

「什麼？」

「妳沒聽錯，我晚一點再告訴妳所有的細節。」

「……」

「我要妳過來去頂樓看看，妳上次去看過了，但是很匆忙，也許仔細翻找可以發現其他東西。」

喬瑟芬沒有接話，手稿的第一頁令她雙眼發怔，最上面寫著她父親的名字：亨利．皮克，中間是書名：

一段愛情故事的彌留時刻

6

喬瑟芬愣了好久，情緒在懷疑和錯愕之間擺盪，瑪德蓮明白搜索頂樓這件事可能要先等一等，而且女兒才剛讀了小說的頭幾頁而已。喬瑟芬很少看書，可以說幾乎從來不看，只喜歡讀些女性雜誌或八卦小報，她最近看的一本書是瓦萊麗．崔威勒的《感謝這一刻》，原因當然是因為這個題材令她很有感觸，她完全將自己投射在這位受到輕賤的女性的抗爭之中。如果辦得到的話，她也想寫一本關於馬克的書，可惜沒人在乎這渾蛋。當然，她同意法蘭索瓦．歐蘭德的前女友做得太過火了，但是面對旁人的指指點點，她再也不願默默承受。透過看似報復的形式來表達她的痛苦，那力道遠比她自身的形象還深刻；她是愛情裡的神風特攻隊，寧可與過去同歸於盡。唯有痛苦才能讓人走到這地步，喬瑟芬很能感同身受。有時她也會在和別的女人相處的時候傷害自己，或是藉由表達感情挫折來折磨身邊的親友。這些複雜感受導致失序混亂，受到唾棄的男人成為一個面貌扭曲的黑影，一個足以和受傷女人的驚慌失措彼此較量的怪物，而不再是人們描述或認為的那個男人。

喬瑟芬毫不吃力地繼續讀著手稿，她感受不到父親的聲音。她真有想過他可以寫出一本書嗎？沒有，然而她的感受喚醒心中一直以來難以名狀的某種體會。過去她經常覺得無從了解父親的想法，他看起如此諱莫如深，尤其在他晚年退休之後更是如此，他會凝視大海長達好幾個鐘頭，整個人就像是停擺了。黃昏時刻，他會和附近的熟客一起喝啤酒卻從來沒喝醉過。每一次他在街上遇見認識的人，喬瑟芬留意到他們彼此的話都不多，就是幾個含混不清的隻字片語。她一直以為黃昏時在咖啡廳的小酌只是為了排遣無聊而已，但現在她回想起父親一貫的沉默，他逐漸淡出這個世界的方式，背後隱藏的也許是一個富有想像力的靈魂。

喬瑟芬表示這個故事令她想起克林．伊斯威特的電影《麥迪遜之橋》。

「什麼？賣什麼橋？」她母親問。

「沒事……」

「我們上頂樓去看看？」

「好啊。」

「那還不起來？」

「我實在無法相信這一切。」

「我也是。」

「我們從來無法真正認識一個人，尤其是男人。」喬瑟芬表示。她就是連兩分鐘都按捺不住，非得把一切都扯上自己的人生。

她終於起身找來爬上頂樓所需的梯子。她掀開活門，彎下身子進到這房子滿布灰塵的角落裡。小時候騎乘的小木馬立刻吸引了她的目光，接著看見小學用的小黑板，她都忘了爸媽把過去的東西全數保存下來，他們天生沒有斷捨離的特質。她還發現了所有的洋娃娃，奇怪的是它們全都沒穿衣服，身上只有一條內褲。真是不可思議，原來我小時候就如此執著於內衣褲，喬瑟芬心想。不遠處，她看見一疊父親用過的圍裙，幾條布就交代了整個職業生涯。最後她找到母親說的幾個紙箱，她打開其中一個，才不過幾秒鐘就有了重大發現。

V

1

黛兒芬向格拉塞出版社的業務代表說明出版計畫。這群男女將走遍法國各個角落，告知書店業主一本非常特別的作品即將出版。對這位年輕的編輯來說，第一次的公開簡報將是試水溫的重要階段，這些人都還沒看過小說，對於這本書的出版始末會做何反應？她還邀請出版社社長奧利維．諾拉出席，請他保留比平常更多的時間來交代這件事的所有細節，這樣一來小說中的小說立刻就會成為大家的焦點。社長欣然同意，少有書籍能像這次的計畫一樣令他興奮，他曾多次不可置信地說：「妳到父母家度假，然後發現了一間退稿圖書館？真是不可思議……」他一改過去帶點英式作風的一派優雅和自我克制，雀躍地搓揉雙手，像是剛贏了彈珠的孩子。

黛兒芬很開心能夠介紹皮克的小說，整個人因此加倍容光煥發。她蹬著高跟鞋，從高處睥睨整間會議室，卻不至於盛氣凌人。她說話的語氣自信、溫柔，似乎十分篤定已故披薩店老闆的身分背後，是一位難得一遇的作家。大家看起來都很積極想要力挺這次的出版計畫，並馬上提出陣仗驚人的相關規畫，這對第一本小說來說十分罕見。「整個出版社都很有信心。」奧利維．諾拉表示。有位業務提到自己記得這間位在布列塔尼的圖書館，他在很久之前讀過一篇相關報導。身為負責都漢地區的業務主管而且熱愛美國文學的莎賓娜．希歐爾，說明圖書館的構想是來自理查德．布勞提根的一本小說，她很喜歡這部描寫前往墨西哥的史詩作品，作者透過這本公路小說嘲諷一九六〇年代的加州。格拉塞的編輯和作家尚保羅．恩多芬對莎賓娜的博學多聞褒美了一番，後者立刻紅了臉。

黛兒芬從來沒見過這樣的簡報氣氛，一般都是一段接一段枯燥乏味的培訓內容，每個人埋頭記下新書預告的所有細節。但這一次激盪出了某種火花，大家向她拋出一大堆問題。一位被拘束在緊身西裝中的男子發問說：

「那行銷方面，您打算怎麼做？」

「他的太太還健在，一位八十歲的布列塔尼老太太，為人十分風趣。她之前完全不知道丈夫私下的身分，我可以告訴各位她提起丈夫的模樣令人動容。」

「那他還有寫下其他的書嗎？」同一名男子追問。

「原則上是沒有，他太太和女兒找過他留下的幾箱遺物，沒有發現其他的手稿。」

「不過，」奧利維．諾拉接著說，「她們卻有另一個重大發現不是嗎？黛兒芬。」

「沒錯，她們發現了一本普希金的書《尤金‧奧涅金》。」

「這為什麼是重大發現？」另一位業代問。

「因為普希金是他小說的核心，而且在他太太發現的書本中，皮克有畫線標記某些句子。我需要把那本書拿來，裡頭或許有他留下的線索，或者是他想透過畫線的段落來表達些什麼。」

「我有種好戲還在後頭的感覺。」奧利維‧諾拉表示，似乎想進一步引起大家的興趣。

「《尤金‧奧涅金》是一本很傑出的詩體小說。」尚保羅‧恩多芬表示，「幾年前，一位俄國女子送了我一本，對方非常迷人又有文化，試著跟我分享普希金的語言之美，任何翻譯都無法忠實地加以轉譯出來。」

「這位皮克先生會說俄文嗎？」另一位業代問道。

「據我所知不會，但是他很喜歡俄羅斯，甚至還製作了史達林披薩。」黛兒芬補充。

「那您希望我們在跟書店老闆介紹小說的時候提到這件事嗎？」同一名業代咯咯笑著，引發眾人哄堂大笑。

會議就在這樣的氣氛中圍繞這本十分特殊的小說持續了好一陣子，也因此無法保留太多時間給同時期上市的其他作品。一本書的命運往往就這樣注定了；大家在起跑點上的機遇本就不同，而出版社的熱中程度往往是關鍵，它總會獨厚某些孩子。格拉塞將皮克的小說視為春季的重點作品，希望能將它的聲勢延續到夏季。奧利維·諾拉不願等到九月文學季的時候才出版，讓它角逐秋季的各項文學大獎，那是個太過暴力、嗜血的季節，而且大家的重點可能不會放在淒美的故事上，而是把它看作企圖複製羅曼·加里的出版陰謀。屆時每個人都會去懷疑皮克的真實身分，但根本就沒什麼好挖掘的，說穿了就是一個在天時地利條件下發現一本小說的離奇故事而已。人有時候就是得去相信這些難以置信的故事。

2

艾維·馬魯圖趁著現場短暫的沉寂，提出他認為很重要的一點。多年來，他每週三天勤走法國東部，和多家書店建立友好情誼，他對任何一位業主的書籍愛好都瞭若指掌，讓他能針對書訊介紹加以客製化。業務代表是書市生態的重要環節，掌握在地現況的人際窗口，而他經常目睹的是惡化的市況。一年接著一年，隨著書店的相繼歇業，他跑業務的時程也跟著縮短。這是屬於他的驢皮，不久之後還會剩下什麼？

愛書人士激勵了馬魯圖，他們攜手構築一座堡壘來面對即將降臨的世界，一個既不好也不壞的世界，但似乎已不再將書本視為文化的核心價值。艾維經常碰到其他競爭同業，與阿歇特集團的業代貝納．尚特別投緣。兩人總會相約下榻同間旅店一起享用某些宜必思酒店會提供的「業代專屬」包套大全餐。在上甜點的時候[9]，艾維提到了皮克這件事，貝納．尚回應說：「出版一本被退過稿的作品不是有點奇怪嗎？」就在一人品嘗諾曼第蘋果塔、另一人享用巧克力慕斯的時刻裡，艾維．馬魯圖其實早在出版社會議上就已經料到會有此番質疑；他總是有辦法搶先一步。

當時他曾問過黛兒芬：

「出版一本標榜它曾經待在退稿書架上的作品，不會有點冒險嗎？」

「當然不會，」黛兒芬回答，「被出版社回絕過的傑作洋洋灑灑，我會去準備一份做為我們的回應。」

「這倒是實話。」現場傳來一聲低語。

「再說也沒有證據指出皮克曾經投稿過。坦白說，我甚至很確定他是直接把手

9. 套餐菜單將甜點浮誇地命名為「甜點嘉年華」。

稿存放在圖書館裡的。」

最後這句話讓情況有了變化，也許作者從來就不打算出版，這本書從來就沒被回絕過，不過想要查證也不大可能，因為出版社不會留存退回作者的書稿清單。面對各式各樣的問題，黛兒芬早有準備，帶著自信與活力一一加以回答，她不想讓大家對此存有一絲疑慮。她提到不求出版是種高尚的情操，自在生活而無需任何形式的肯定。「他是位暗處的天才，必須去強調這一點。」她補充說。在人人不惜代價要在一切大小事中尋求認可的時代裡，竟有一個男人耗時數月字斟句酌，完成一部注定要蒙塵的作品。

3

會後，黛兒芬決定整理出一些資料，證明遭到退稿無論如何都與書的優劣無關。馬塞爾．普魯斯特的《在斯萬家那邊》肯定是最出名的一本退稿書，關於該書挫敗的著作和分析早已不計其數，甚至都可以從中整理出一本比原作還長的小說。一九一二年，馬塞爾．普魯斯因熱中上流社會交際跑趴而聞名，難道是因為如此人們才沒把他當回事？人們讚賞的果然還是隱士，孤高寡言遠比羸弱多病容易獲得讚美，但是難道沒有辦法才華洋溢又膚淺表面嗎？只要翻開《追憶似水年華》的第一卷，隨便挑個段落來讀就能明白它的文學價值。當時伽利瑪讀者委員會的成員都是有頭有臉的作家，像是安德烈．紀德。據說他只是隨便翻翻根本沒讀這本作品，而且在充滿成見的有色眼鏡下，他湊巧看到他認為十分彆扭的行文[10]，還有宛如失眠囈語的長句。普魯斯特完全沒被嚴肅看待而遭到退件，不得已只好自費出版這本小說。安德烈．紀德後來坦承回絕這本書是「《新法蘭西評論》*最嚴重的錯誤」。不過伽利瑪出版社很快就改過自新，在一九一九年出版了普氏追憶系列的第二卷《在少女花影下》。這部作品獲得龔固爾文學獎，在往後的一百年裡，這位曾經遭到退稿的作家一直被譽為是史上最偉大的作家之一。

這裡還可以提一個頗具代表性的案例：約翰．甘迺迪．涂爾的《笨蛋聯盟》。作者因無法承受屢試不爽的退稿待遇而在一九六九年自殺身亡，得年三十一歲。小說篇首的題銘引用了喬納森．斯威夫特的句子，帶著具先見之明的嘲諷：「當一位真正的天才降臨凡塵俗世，徵兆就是所有的笨蛋都會聯合起來反對他。」

10. 例如書中提到了一位「額前似乎生有椎骨」的人物（曇花一現的精采描述）。
＊NRF（La Nouvelle Revue Française），伽利瑪出版社前身。

幽默感和原創性都如此突出的一本書，怎麼會找不到出版社願意出版？作者死後，母親奔走多年才終於實現兒子的出書夢。她的頑強堅持結出甜美果實，該書總算在一九八〇年出版，並享有聞名全球的巨大成就。這本小說成為美國文學中的經典，作者因懷才不遇而自殺的插曲，對他身後的成名自然也不無貢獻；傑出的作品通常都伴隨著小說中的小說。

黛兒芬把這些資料記下來，以防大家議論的焦點都放在皮克是否曾被退稿這件事情上。她也花了一些時間仔細研究理查德．布勞提根，她曾聽過幾位作家都表示自己受到後者的影響，像是菲利普．賈納達[11]，但是她還沒有機會拜讀他的作品。有時候我們會單憑一本書的書名就對作者產生某種想像，《夢見巴比倫》讓黛兒芬將布勞提根想像成一身嬉皮裝扮的探長，某種介於鮑嘉和凱魯亞克之間的人物。但在閱讀布勞提根的過程中，她體會到他的脆弱、風趣、譏諷和淡淡的愁緒。她覺得他比較接近另一位她最近發現的美國作家史蒂夫．特西奇和他的小說《喀羅》。另外，她之前也不曉得布勞提根對日本十分著迷，無論是他的作品或是經歷都有濃濃的日本味。他在一九七六年五月二十八日的日記中，寫下了黛兒芬特別標記出來的以下這句話：

「日本女子每一位都如此迷人，世上其他女子實在都該在出生時被淹死。」

回到被退稿的經驗，布勞提根也並非一路順遂，曾吃過好幾次閉門羹。在成為一整個世代的代表性作家和一群嬉皮粉絲的偶像之前，他有好幾年幾乎是過著窮困潦倒的生活，甚至連搭公車的錢都沒有，只好步行三個鐘頭去赴約；因為無法填飽肚子，還得靠朋友接濟他三明治。這段困苦生活不時穿插被出版社退稿的經歷，根本沒有人看好他，後來大獲成功的作品最初受到的都是漠視和怠慢。這段遭受各方輕賤的創作時期，顯然啟發他虛構出退稿圖書館的故事；他很清楚身為一位懷才不遇的藝術家是什麼滋味[12]。

4

出版日一天天靠近，雖然書店業者和評論界的迴響都很熱烈，但黛兒芬還是逐

11. 她很欣賞這位作家的文風和他淘氣熊般的相貌，不過從她離開格拉塞回歸生涯第一間出版社居雅之後，兩人就很少碰到面了。

12. 這樣說彷彿「被了解」就是認可，但從沒有人能夠被人了解，作家更是如此。他們在顛簸的情感國度中漂泊，而且在大多數情況下他們連自己都不了解。

漸緊繃起來，這是她第一次如此焦慮不安。無論什麼案子，她總是盡其在我，但皮克的小說卻將她逼到前所未有的慌亂地步，感覺自己即將目睹一件天大的事。

她每晚都會打電話給瑪德蓮詢問近況。黛兒芬是個非常關心作家的編輯，面對作家的未亡人，她覺得更有必要付出關懷，又或者是她已經預感到即將發生的事？必須讓這位老婦人及早做好準備面對鎂光燈的包圍。黛兒芬擔心把別人的生活搞得天翻地覆，這並不是她的初衷。有時一想到自己說動了她出版丈夫遺作，她就感到不太自在，這並不是編輯應該扮演的角色。我們可以把這段過程看作是持槍挾持了作者的人生，甚至可以說是完全違背了他的遺願。

費德里克正在和自己的小說拚搏，在這段文思枯竭的時期，就連尋常字句都成為他的難題，他完全不知該說什麼才能安撫黛兒芬。靈感荒四處蔓延，讓這對愛侶迷失在一頁空白裡。原本在克羅宗心血來潮，甚至是興高采烈展開的這段經歷，如今成了一個令人緊張、耗時費力的案子。兩人做愛的頻率少了，爭吵的次數多了。費德里克覺得十分煎熬，成天待在家裡無所事事，等待老婆下班回家向他證明還有其他人類的存在。近來，他很想把注意力移轉到自己身上，像個不懂事的小孩子一樣，於是他冷冷地開口說：

「我想跟妳說，我遇到我前任了。」
「是嗎？」
「是啊，我在路上巧遇她，然後就一起喝了咖啡。」
「……」

黛兒芬不知道該說什麼，並不是她在吃醋，而是費德里克交代這件事的口吻頗有報復意味而讓她很詫異。他想藉由這種唐突的表達方式，強調這件事非同小可。後來發生了什麼？說實話，什麼都沒發生。當費德里克回頭喊住阿佳特並提議去喝咖啡的時候，後者回答沒有辦法。他將這個答覆視為二次羞辱，但這一切都很荒謬，對方回應他的態度其實非常客氣。費德里克曲解了事實，將兩件無傷大雅的小事解讀為輕蔑的表現。阿佳特當然可以事先有約，而且她前男友的小說不夠出名所以她沒聽說也不是她的錯，但費德里克卻拒絕如此看待這一切。這或許是某種妄想傾向的開端。

「那有很愉快嗎？」黛兒芬問。
「有啊，我們聊了兩個鐘頭，時間一下子就過去了！」
「為什麼你要跟我說這件事？」

「我只是想讓妳知道而已。」
「很好，但是我這段時間很焦慮，你很清楚原因是什麼，所以麻煩你體貼一點。」
「幹嘛，我什麼事都沒做，只是碰到我前任而已，又沒有和她上床。」
「嗯，我要睡了。」
「這麼早？」
「對，我累死了。」
「妳看，我就知道。」
「什麼？」
「妳不愛我了，黛兒芬，妳不愛我了。」
「你為什麼這樣說？」
「就連吵架妳都要拒絕我。」
「什麼？所以你覺得吵架才是愛嗎？」
「對，我編了這一切來試探……」
「什麼？你編的？」
「沒錯，我遇到了她，但是我們沒有喝咖啡。」
「我真搞不懂你，我已經不曉得什麼才是真的。」

「我不過是想要吵一架而已。」
「吵架？你要我摔碎花瓶只是為了讓你稱心如意？」
「不行嗎？」
黛兒芬走近費德里克：「你瘋了。」每過一天她就看得更透徹，很清楚要和一位作家生活並不容易，但是她愛他，如此愛他，從見面的第一秒開始。於是她說：
「親愛的你想吵架是嗎？」
「是的。」
「今晚不行，因為人家累壞了，但我不會讓你等太久的，親愛的，不會太久……」
兩人都很清楚她總是說話算話。

5

黛兒芬一直希望小說能大受歡迎，求好心切的程度導致她無法闔眼，但她有想過會如此轟動嗎？沒有，簡直難以相信，就連她善於包容異想天開的心思都沒料到即將發生的離譜現象。

一開始是媒體界的騷動，各方競相報導這個在他們眼中非比尋常的故事，用字遣詞浮誇聳動，不過灑狗血在這個時代已是司空見慣，才幾天工夫皮克的小說就成為文壇焦點，包括故事本身和必不可少的出版始末。報章雜誌手中掌握了精采題材，一個值得報導的故事，黛兒芬的一位記者朋友甚至做了個奇特的比較：

「這就像韋勒貝克最近的那本小說。」

「是嗎？怎麼說？」她問。

「《屈服》是他最成功的一本小說，影響力比該書獲得的龔固爾文學獎還大，但水準卻不及以往，我根本看不下去。說實話，任何一位韋勒貝克的書迷都會同意本書遠在他其他的作品之下。他一直都十分擅長說故事，但本書簡直沒有故事可言，而且少數幾頁關於性慾和孤獨的精采描寫也都是老調重彈，但卻不及以往出色。」

「我覺得你好嚴厲哦。」

「但是大家都想看這本書，因為構想真的令人拍案叫絕。才上市兩天，整個法國開口閉口都是這本小說，就連總統受訪時也被問到：『您會去讀韋勒貝克的小說嗎？』高明的行銷手法很難加以超越。這是一本訴求爭議的小說，這一點做得很到位。」

「每一次他出書就是這樣，大家總是對作品的內容胡說八道，但是無所謂，他是一位很了不起的作家。」

「問題不在這裡，他的《屈服》已經超越了小說的層次，他領先其他人跨入了一個新的時代。文本不再重要，重要的是達到一個核心思想，一個能引發議論的思想。」

「這和皮克有什麼關係？」

「皮克的情況沒有那麼灑狗血、也不算高明，而且背後沒有精心的宣傳布局，但是每個人都在談論妳的小說。不過重點卻沒放在文本上面，就算妳出版的是宜家家居的目錄一樣會大受歡迎。再說這本書也沒有那麼出色，裡頭有些冗長的篇幅，也略顯老生常談。唯一有意思的地方是普希金臨終的描寫，說穿了這是一本關於這位詩人荒謬之死的小說。」

黛兒芬並不同意這位記者朋友的看法。皮克小說上市以來的熱銷情況自然與書本的來龍去脈脫不了關係，但她不認為這足以說明一切。她曾收到多封讀者回函，表示他們深受感動，就連黛兒芬自己都覺得文本非常出色，但記者友人有一點沒說錯：人們談論更多的是這位神秘的皮克而不是他的作品。媒體來電不斷，大家都想更深入了解這位披薩店老闆，有些記者已經展開調查，試圖還原他的人生面貌。他是誰？在什麼時期寫下這本書？為什麼他不想出版？這些問題都有待解答，不需要多久就會有人揭露《一段愛情故事的彌留時刻》作者的真面目。

6

小說勢如破竹，當銷量突破十萬本的時候，眾家記者紛紛用奇觀一詞再度熱議這本小說，而所有人都想拔得頭籌率先訪問「那位遺孀」。在此之前，黛兒芬認為最好不要讓瑪德蓮拋頭露面，讓大家自行發揮想像力，所以沒有放出太多消息。但既然現在大家都知道這本書，是時候可以安排與亨利・皮克共度一生的另一半拋頭露面，進行第二波的宣傳。

黛兒芬選擇曝光的節目是《大書房》，主持人弗朗索瓦・布奈爾獲得了獨家採訪權，條件如下：雙方必須在克羅宗當地錄製專訪內容，因為瑪德蓮完全不想專程跑一趟巴黎。主持人其實很習慣離開攝影棚去外面採訪，但是對象都是人在美國的保羅・奧斯特或菲利普・羅斯。總之他很高興能爭取到獨家新聞，而大家總算可以期待了解更多的內幕，畢竟每一位作家身後都有一位女性。

啟程前往布列塔尼的前夜，黛兒芬睡得不好，半夜夢裡的一個激烈動作驚擾了她。黛兒芬瞬間驚醒，詢問費德里克發生了什麼事，他回答：「沒事，親愛的，什麼事都沒有。」之後她就再也無法入睡，坐在客廳的沙發上等待天亮。

7

幾個小時之後，在電視台劇組的陪伴下，她按了瑪德蓮家的門鈴。老婦人完全沒想到會有這麼多人專程為了她前來，人員裡甚至有一位化妝師，她覺得很荒謬，「我又不是凱薩琳．丹妮芙。」她說。黛兒芬告訴她所有人上電視都會化妝，但後者還是不為所動，她想要自然上鏡，或許這樣更好，大家心裡有數這位布列塔尼婦人絕對不是唯命是從的老人家。弗朗索瓦．布奈爾試著哄對方，誇了幾句客廳的擺設，為此他可是用盡了想像力。後來他總算明白最明智的做法，就是聊聊布列塔尼這個風光明媚的地區，他搬出了幾位在地出生的知名作家，但瑪德蓮並沒有特別印象。

錄影開始，布奈爾再次提到這本小說的緣起，他熱切的態度十分真誠，但又不會顯得過分造作。在必要的迷人表現和審慎訴求一群欣賞嚴謹而不是夸夸其談的觀眾之間，文學節目的主持人必須要能找到自己的定位，接著他面對瑪德蓮：

「夫人您好。」

「叫我瑪德蓮。」

「您好，瑪德蓮。我可以請教您這裡是什麼地方嗎？」

「您明明就知道得很清楚，真是莫名其妙的問題。」

「這是為了觀眾發問，我希望您可以介紹這個地方，因為節目通常都是在巴黎進行。」

「是啊，什麼了不得的事都發生在巴黎，巴黎人應該都是這麼想的吧。」

「那麼……我們是在……」

「我家，在布列塔尼的克羅宗。」

瑪德蓮用比之前稍大的音量說出這句話，彷彿從發聲的洪亮程度可以看出她自豪與否。

黛兒芬就坐在攝影機後面，看著專訪流暢進行，她有些意外。瑪德蓮出乎意料地從容自若，可能是因為沒有意識到將會有幾十萬人看到她上電視，如何能想像眼前說話的男子身後會有這麼多雙眼睛？布奈爾按捺不住，直接開門見山說：

「聽說您完全不知道自己的先生寫了一本小說。」

「沒錯。」

「您很意外嗎？」
「一開始的時候非常意外，我根本不相信，但是亨利本來就很特別。」
「怎麼說？」
「他話不多，或許就是為了把字句留給他的小說。」
「他經營了一家披薩餐廳是嗎？」
「是的，應該說是我們一起經營的。」
「對，不好意思，是你們的披薩餐廳。所以你們夫妻倆每天都會在一起嗎？那他會是在什麼時候寫作的呢？」
「一定是早上，亨利喜歡一大早就出門，為餐廳中午營業打點一切，所以這樣他就可以有一點時間吧。」
「手稿上沒有註明日期，只有寄存到圖書館時的年份，說不定這本書是花了很長一段時間才完成的？」
「也許吧，我沒有辦法知道。」
「那您覺得這本書怎麼樣？」
「很動人的一個故事。」
「您知道他有喜歡的作家嗎？」
「我從沒看過他在看書。」

「真的嗎？從來沒有？」

「我都這把年紀了，沒理由要說謊。」

「那普希金呢？我們在你們家中找到一本他的書，是真的嗎？」

「是的，在頂樓。」

「這裡必須強調您先生的小說描述一段愛情故事的最後幾個小時，一對決定分開的戀人，同時一邊描述普希金臨終的時刻。詩人性命垂危的描寫真的絲絲入扣，過程中他蒙受極大的痛苦。」

「他的確一直在呻吟。」

「那是一八三七年一月二十七日，請容我冒昧地說，他很不幸地無法當場死去：『生命不願離開他，寧可流連在軀體裡令人痛不欲生。』我引用您先生的句子。他提到凝結的血，這個意象一直不斷出現，就像這段情事轉變為發黑的殘血，非常美的描寫。」

「謝謝。」

「所以您有找到普希金的書？」

「有啊，我不是跟您說了，在房子頂樓的一個紙箱裡。」

「您曾經在家裡看到過這本書嗎？」

「沒有，亨利從來不看書，就連報紙他也只是匆匆翻過，因為他覺得裡面總是報導壞消息。」

「那他空閒時都在做什麼？」

「我們沒有很多空閒時間，也不會出門度假。他很喜歡自行車，環法自行車賽，尤其是布列塔尼的車手。有一次他見到博納．伊諾本人，激動得不得了，我從來沒見過他這副模樣，通常可是得卯足全力他才會有所反應。」

「那是當然……那麼回到《尤金．奧涅金》，那本在你們家中發現的普希金作品。您的先生標記了一個段落，如果您允許，我想要把它唸出來。」

「可以啊。」瑪德蓮回答。

弗朗索瓦．布奈爾打開書本，朗誦出這幾行字[13]：

凡生存、尋思之人
終將鄙視人寰；
凡內心曾悸動之人
回想浮雲歲月。
讚歎之情於今難再，

13. 他朗誦的方式既緩慢又有力，幾乎讓人以為他年輕時是演舞台劇的。

回憶和追悔
已成無數咬嚙傷口，
而這一切每每
爲談天說地增色添彩。

「這有讓您想到什麼嗎？」主持人刻意在一段長時間的沉默之後開口，這在電視節目中並不常見。

「沒有。」瑪德蓮劈頭回答。

「這個段落提到鄙視人類，您先生這輩子的生活都很低調，也不打算出版他的作品，他是刻意不願與其他人為伍嗎？」

「他的確是很低調，就算不工作的時候他也寧可我們待在家裡，但是不能說他不喜歡別人，他從來就沒有鄙視過任何人。」

「那關於追悔的部分呢？他生前是不是有什麼遺憾？」

「……」

通常反應機敏又回答迅速的瑪德蓮似乎欲言又止，最後她一句話也沒說，讓沉默延續下去，布奈爾不得已只好接話：

「您在回想他人生中的某件事，還是您不方便回答？」

「這是私事，您問題太多了。這究竟是電視節目還是在逼供啊？」

「電視節目，請您放心，我們只是想進一步認識您和您的先生，我們想知道究竟是誰藏身在作者背後。」

「我覺得他並不想讓人知道。」

「您認為這本書具有個人色彩嗎？故事中可能包含自傳的成分？」

「故事的靈感一定是來自我們十七歲的一次分別，但後來小說裡的情節就很不一樣了，他可能是在餐廳裡聽到這個故事；有些客人會在午餐後留下來喝酒，聊聊他們的人生。像我，我有時候也會跟我的理髮師說心底話，所以我可以體會這種心情。另外我要跟我的理髮師打聲招呼，他一定會開心的。」

「那是當然。」

「對了，我不知道這跟您有沒有關係，但我的理髮師喜歡的是烹飪節目。」

「不要緊，我們還是跟他問聲好。」布奈爾邊說邊會心一笑，希望能引領觀眾和他進入這個輕鬆的時刻。這和開放民眾參加的錄影不一樣，他很難知道自己是否成功和觀眾建立默契，抑或是剛才的眨眼致意根本沒奏效。他不希望專訪進行得太過輕鬆，淪為和這位老太太談天說地而已。他想要專注在自己的主題上，希望還能問出關於皮克的第一手消息或是驚人爆點，凡是讀過小說的人，對於它不可置信的來由難免都會感到好奇。基本上，揭穿一切事物背後的真相是這個時代的特點，特別是小說。

8

為讓觀眾的注意力能夠堅持到節目最後，該是稍作休息的時候了。原則上都會播放一位書店業主的訪問，請他在兩三分鐘的長度裡推薦他喜愛的幾本書，但因為這次是特別節目，所以有名記者前往採訪瑪嘉麗・克魯茲，深入報導圖書館中專門存放退稿書的業務。

從她答應上鏡開始，瑪嘉麗就瀕臨絕望狀態。她前往藥局購買助曬藥丸，膚色因而呈現出從泛黃到橘紅的色調。她先後跑了三次髮廊（理髮師就是瑪德蓮問好的那位），每回都在換了髮型之後開始懷念先前的模樣。最後她選擇的是一種獨特的劉海，只見它排山倒海從額前延伸下來，理髮師覺得她**美呆了**，一邊嘖嘖讚美一邊用雙手貼著她的雙頰，像是非常驚訝自己竟有能耐完成這等美髮傑作。他的確有理由驚訝，這是美髮史上絕無僅有的剪法，融合了巴洛克和古典主義，未來主義和極端過時。

剩下衣著了。她很快就決定穿上那套淡粉紅色套裝（老實說，這是她唯一一套能應付這種場合的行頭），但卻很驚訝自己居然塞不太進去，不過只要冒著窒息的危險還是勉強可以穿上身。新膚色、新髮型，加上從衣櫃深處出土的這襲套裝，她簡直認不出自己；看著鏡中的自己，就算用敬語尊稱也毫不違和。隨著老婆愈來愈富態，瑪嘉麗的先生袠瑟則愈發顯得消瘦（像是兩夫妻獲得了某個體重配額，必須自行想辦法分配在兩人體內）。目睹老婆前所未有的風貌，他想到的是一顆充氣過度的粉紅氣球，最上面頂著一個超捲高髮髻。

「你覺得怎麼樣？」她問。

「我不知道，有點……奇怪。」

「哦，我幹嘛問你的意見啊?!你什麼都不懂！」

老公立刻折回廚房，把肆虐的風暴留在身後，反正他老婆這樣和他說話也不是一天兩天的事了，兩人的交流不是沉默就是大小聲，總之這對夫妻的分貝數少見溫和折衷。這種情況是從什麼時候開始的？要回溯一段感情式微的開端並不容易，它總是循序漸進、鬼祟隱伏，一種臨終片刻的迴光返照。自從家中的兩個男生出生之後，生活就有了理所當然的既定方向，兩人都把彼此的漸行漸遠歸咎於令人疲憊的日常。孩子大一點就會好了，到時候再重溫舊情，他們心想。但結果卻事與願違，孩子的離家反而留下了巨大的空虛，客廳裡存在某種情感的窟窿，一處任何疲乏愛情都不足以填補的裂隙。兒子們為生活增色，製造話題、評論世界，但現在一切都不存在了。

但是為了安撫老婆，裘瑟還是當著她的面說：

「一切都會很順利的。」

「是嗎？」

「是啊，我知道妳一定會很完美。」

他突如其來的貼心舉動令瑪嘉麗很感動，她不得不承認所有的情感牽絆都讓人難以捉摸，從黑到白不斷來回過渡，她已經不知道該如何去看待它。在盛怒之下，人都會想要拋下一切，但其實我們還是愛著的，這一點往往出乎我們意料之外。

關於這次的電視採訪，瑪嘉麗也感到有些困惑，坦白說她不是很明白進行的方式，她精心打理像是準備參加晚間新聞的錄影。對她而言，「上電視」就意味著：「大家都會看到我。」她完全沒想到自己陳述受訪主題的時間只有兩分鐘，而且多半都是以圖書館的畫面和讀者的評論來呈現。如此大費周章只為了在一個文學節目上露臉十七秒，就算節目創下收視新高也幾乎可以無視！記者請她說說圖書館的緣起，她簡單提到了尚皮耶·顧維克，還有她參與這個卓越計畫的熱情[14]：

「很遺憾的，反應並不如預期，但是自從皮克先生的小說出版之後，情況有了改變。圖書館的訪客多了起來，大家都非常好奇。從到訪的訪客中，我一眼就能看出哪些是過來存放手稿的人，但我的工作量當然也增加了……」

正當瑪嘉麗準備多說一點的時候，記者立刻開口感謝她「寶貴的現身說法」。這位女記者很清楚報導播出的長度很短，所以沒必要拍太多素材增加剪輯的負擔。失望的瑪嘉麗不管攝影機有沒有開機，仍繼續說下去：「真的很奇怪，有時候館裡面同時會有十個人以上，這是我從來沒見過的情況，如果再這樣下去，哪天就可以看到日本觀光客的遊覽車了！」她大聲驚呼後一抹微笑，但根本沒人在聽。她說得沒錯，大家對這個地點的好奇正有增無減。訪問結束，瑪嘉麗走進她的小辦公室卸妝，滿腹愁緒就像在告別演出後回到化妝間裡的一位過氣女星。

14. 這其實和事實有點出入，讀者們可以翻到故事最前面核對一下。

9

關於圖書館的報導很快就剪輯完畢，好讓瑪德蓮可以在錄製訪談的同時觀看內容。弗朗索瓦．布奈爾詢問她的感想。

「看到這裡發生這麼多的事，真的很不可思議。我聽說有人還特地造訪我們的披薩店，只是為了目睹我先生可能寫作的地點，總之希望他們不會想要順便吃塊披薩，因為餐廳現在變成了可麗餅店。」

「面對這股熱潮您有什麼感覺？」

「我其實不是很懂，不過就是一本書而已。」

「讀者的熱情是很難澆熄的，所以才有些記者正在打探您先生的過去。」

「對，我曉得，大家都想來採訪我，打聽我們的生活。我不是很喜歡這樣子，但是有人要我跟您談談，我希望您還滿意。因為如果要我坦白說的話，我希望大家都別來煩我。有些人甚至還跑到我丈夫的墓前，可是他們根本就不認識亨利，這樣做實在很不禮貌。他是我丈夫，我很高興大家讀他的書，可是……真的是夠了。」

瑪德蓮態度強硬說出最後幾個字，情況出乎所有人意料之外，但這就是她真實的想法，她不樂見圍繞自己先生發展出來的鬧劇逐漸失控。弗朗索瓦．布奈爾提到調查皮克生平的記者，那之後會不會有相關的爆料？其中有些人是出於某種直覺，很多人[15]認為這位披薩老闆不可能寫下這本小說，他們不清楚是誰寫的和出於何種原因要使用皮克的名字，但是背後一定有值得深究的原因。瑪德蓮的訪談內容則證實了她先生千篇一律、幾乎無涉文化的人生，這也支持了他們的看法。必須想盡辦法找出解答謎團的線索，而且可能的話，最好能搶先所有人一步。

10

節目播出的隔天，收視成績令所有人跌破眼鏡，創下新高的說法不絕於耳。過去好幾年來，甚至在貝爾納．畢佛主持《猛浪譚》的時候，都不曾有過如此盛況。幾天後，本書榮登小說榜的冠軍寶座，就連之前在法國鮮少讀者的普希金，作品銷售數字也有微幅上揚。這股熱潮蔓延到國外，各方提出的版權金不斷追高，特別是來自德國的出版社。在經濟情況失序、地緣政治局勢動蕩的背景下，瑪德蓮的誠懇

15. 尚米榭．胡許就是其中一位。這位前《費加洛文學》週刊的日耳曼文學專家（曼家族最忠實的粉絲），在無預警被炒魷魚之後，嘗試過著自僱營生的生活，不是寫些投其所好的評論，就是在文學論戰中權充和事佬。現在，我們只是在書頁下方的註釋中看見他的名字，但不久之後他就會是本故事中的關鍵人物。

直率，加上手稿出土的奇幻歷程，造就了本書大獲成功的天時地利。

一夕之間爆紅也改變了克羅宗居民看待瑪德蓮的方式。她去買菜的時候，可以明顯感覺到大家的態度不同以往，人們把她當成馬戲團動物般看待，她只得放任自己四處報以虛偽的會心一笑好掩飾內心的難為情。市長提議舉辦小型酒會褒揚瑪德蓮，但被她斷然拒絕。她同意出版丈夫的作品和錄製電視節目，一切僅止於此，她絕不會改變自己的生活（但決定權是否操之在己也很難說）。

面對堅持低調迴避的瑪德蓮，記者決定把目標移轉到作家的女兒身上。經歷在谷底自我封閉的這些年，喬瑟芬認為媒體對她的追逐是天上掉下來的禮物：生命幫她出了一口氣。馬克拋棄她的時候，她覺得再也沒人會對她感興趣，結果現在她卻被推上了舞台正中。大家想知道她父親的為人，是不是會在她小的時候說故事給她聽，如果情況繼續下去，不用多久記者就會問她是喜歡花椰菜還是茄子。喬瑟芬就像電視實境秀中曇花一現的女主角，沉醉在這種與眾不同的感覺之中。《西部法蘭西》日報還派出記者前來進行深度專訪，喬瑟芬覺得自己是在作夢：「法國最多人看的報紙……」她驚嘆。至於拍照，她當然是要求在自己的店門口留影，來客量在報導刊出隔天就增加了一倍，大家排隊是為了在秘密完成一本小說的披薩餐廳老闆的女兒店裡購買一副胸罩（獨到的父女傳承所體現出來的荒謬路徑之一）。

喬瑟芬終於重拾了顴骨的用途，可以看見她帶著樂透彩得主的神氣，意氣風發地在店門外拋頭露面。根據採訪者的說法，她改寫了自己的故事。喬瑟芬提及自己和父親的關係十分親密，扯謊表示自己總能感覺父親有另一個秘密人生，最後她祭出了大家都想聽的那句：關於後來發現的這一切，她其實一點也不感到意外。她絕口不提，抑或是已經全然忘記自己最初的反應。成名像是毒品，她已經完全上癮，每一天都想沉溺在這種備受關注的光輝裡，就算會滅頂也心甘情願。

她對接到馬克的來電也感到很意外。兩人分開之後，馬克偶爾會在電話裡關切她的近況，直到後來完全人間蒸發。曾經連續好幾個月，她守候在電話前，希望馬克會來電說很想念她。某些日子，她會把手機關機重開幾十次，確定手機沒有故障，然後可笑地把手機舉向天空確保收訊品質，但是馬克再也沒有打來。曾經如此濃烈的感情怎麼能說斷就斷？的確，雙方最後的幾次對談不過就是一連串沒頭沒腦的責罵（喬瑟芬）和一次次的避重就輕（馬克），雙方再說什麼顯然也只是互相傷害而已。

人們總是說一切都會過去，但是有些傷痛就是無法平息。她還想念著馬克，想念他每天早上躺在床上的身影，當然也包括他的缺點：面對答案是肯定或否定甚至是或許之間也要討價還價的德性。喬瑟芬懷念起過去她所厭惡的一切，回想兩人的相識和女兒的出生，所有幸福的畫面都被後來的決裂給模糊了。那一刻，當馬克對她說：「我必須跟妳談談。」耳熟能詳的絕望之語想表達的其實正好相反，它的意思是一切都說盡了，所以就這樣結束了。剛才店裡的電話響起，馬克想知道她的近況，意外的來電令喬瑟芬怔了一下，她不知道該說什麼，馬克接著說：「我想見妳，一起喝杯咖啡，如果妳願意的話。」沒錯，說話的真的是馬克。馬克問她是否願意見面，她在千頭萬緒之中理出唯一的一個想法，也就是她的回答：「好。」她記下約會的時間和地點，然後掛上電話。有好幾分鐘，她的視線都無法從電話上移開。

VI

小說在各大排行中持續邁向頂峰，成為一股熱潮的同時也引發了許多意想不到的效應。當然，小說版權已經被許多國家買走，經過趕工翻譯之後在德國創下亮眼成績。《明鏡》週刊特別以長篇專文介紹這部作品，內容比較了皮克和多位隱藏身分的作家，例如沙林傑和湯瑪斯・品瓊。文章甚至將他和一九五一年以《流沙海岸》拒絕龔固爾文學獎的朱立安・格拉克相提並論。兩人的情況還是有些差異，不過來自布列塔尼的皮克已經被視為某種大家庭裡的一分子，成員都是希望擁有讀者而不是觀眾的作家。小說在美國上市時的書名是《沒人要的書》（*Unwanted Book*），頗令人感到意外的選擇，因為標題指涉更多的是出版的始末而不是小說本身，但這件事也是我們這個時代完全朝著形式凌駕內容的方向傾斜的確切證據。

此外，還有許多人表示有興趣將小說搬上大銀幕，但尚未有任何簽約的動靜。電影《大藝術家》的製片托馬・朗格曼已經有了電影構想，但不是改編小說內容而是作者生平，他逢人就開玩笑說：「這將是一齣皮克大戲！」可是目前要構思出一個關於皮克一生的劇本仍有難度，因為還欠缺太多元素，特別是他是在何種環境下創作小說，總不能兩個小時都是一個男人在做披薩，然後早上躲起來寫小說吧。「凝視風格的電影還是有其局限，這個題材會很適合安東尼奧尼，再由亞蘭・德倫和莫妮卡・維蒂主演……」他作著白日夢，但最後沒有簽下選擇權合約。嗓音溫厚的德國女子海蒂・沃內克在格拉塞負責版權讓與事宜，她持續關注各方出價但尚未做出決定，寧可靜待大生意上門而不要急躁行事，再說小說人氣扶搖直上，大生意上門是遲早的事。雖然沒說出來，但她夢想中的導演是羅曼・波蘭斯基，因為她知道他是唯一有能耐將一位男子閉門不出的畫面詮釋得扣人心弦的電影人。這本小說是一個關於封閉的故事，一段無法被成全的愛情故事，而《鋼琴師》的導演比任何人都善於捕捉肉體和心靈上的窘促。不過他的新片才剛開鏡，故事描述一位死於奧斯威辛集中營的德國年輕女畫家。

2

有些效應更是令人跌破眼鏡。人們開始頌揚被退稿的幸福，指出出版社也並非總是對的，皮克就是最新的例證。過程中，大家根本忘了並沒有任何實質證據顯示他曾經向出版社投稿，但是關於投稿這件事，其實還有很多可以大書特書。隨著數位科技的進展，有愈來愈多作家在遭到傳統出版社回絕之後，會直接把作品放在網路上，讓公眾成為暢銷書的推手，像《禁忌世代》系列就是這樣的例子。

第一位想出行銷高招的是阿爾班米歇爾出版社的理查．杜古塞，他吩咐助理在近期被退稿的書籍中，找出基本上「還過得去」的作品，畢竟有時出版社會猶豫再三，最後選擇放棄出版，雖然書稿確實存在某些優點。助理致電獲選的作者，打聽對方遭到退稿的次數：

「您打電話給我是想知道有幾家出版社回絕我的書？」

「是的。」

「您很莫名其妙。」

「只是想知道而已。」

「十幾家吧，應該是。」

「非常感謝。」她說完便掛上電話。

數字還不夠高，必須找到一位吃閉門羹的冠軍才行。得主是某位古斯塔夫．霍恩所寫的《我哥哥的榮耀》，被退稿多達三十二次。理查．杜古塞立刻請作者簽下合約，後者還以為對方是在開玩笑，難道有隱藏式攝影機不成？不是，這是一紙如假包換的合約。

「我真搞不懂你們，幾個月前你們不要我的書，我還收到了婉謝信。」

「我們改變心意了，每個人都有弄錯的時候……」出版社表示。

幾個星期後作品上市，橫掛在封面上的書腰寫著：

一本被退稿三十二次的小說

這本小說並不如皮克的作品成功，但是銷量仍然超過了兩萬本，已經是十分可觀的數字。被回絕這麼多次的小說引發讀者的好奇心，從廣大的號召力中不難看出大家很吃不按牌理出牌這一套。古斯塔夫．霍恩無法察覺境遇中的嘲諷意味，還以為自己的才華終於獲得賞識。帶著這股尋回的自信，他後來一直無法理解為什麼出版社回絕了他的第二本作品。

3

老而不死的前文化部長賈克．朗格提出創辦「未出書作家日」[16]的構想，藉此肯定找不到出版社的所有作家。這個活動從第一屆開始就廣受民眾歡迎，依循同樣由朗格創辦的音樂節模式，未來的小說家和詩人紛紛走上街頭，朗誦自己的創作或是和駐足聆聽的民眾分享他們的文字。根據《巴黎人報》的調查，每三位法國人中就有一位正在或想要寫作：「我們幾乎可以斷言今天作家的數目比讀者還多。」皮耶・瓦瓦瑟在自己的報導中總結道。RTL電台的貝納・勒宇評論了該活動的成功，指出：「每個人內心深處都有一部分的皮克。」一本在退稿書中被發掘的小說大獲成功，振奮了渴望擁有讀者的一群人。藝文記者歐古斯丹・塔貝納抓住這個機會邀請了一位匈牙利哲學家上電台節目，後者專門研究忘卻這個問題，特別是莫里斯・布朗肖的作品。但現場發生了一個狀況：這位來賓太過投入在主題上，使得句子跟句子之間留下沒完沒了的空白，像是他也想把自己慢慢從電台中給遺忘一樣。

皮克成為大家熱議的人物，象徵有天才華終將被人賞識的夢想。該如何去相信那群聲稱只為自己而寫的作家？文字總有它們的歸宿，渴望被不同的目光檢閱，為自己書寫就像是打包行李卻哪都不去一樣。皮克的小說之所以受歡迎，主要是因為他的生平故事感動了讀者，呼應大家心中變身為他者的幻想，一位擁有非凡天賦卻無人知曉的超級英雄，而這位低調作家的秘密就是擁有無人覺察的文學天分。人們對

16. 他原本考慮採用更簡單的稱呼：「寫作日」或是「寫作節」，但最後選擇把未出書的作家強調出來。這種方式並不是為了讚揚業餘玩票，而是更重視一群尚未被認可的寫作者。

他所知愈少，他就愈令人著迷。他的生平沒有任何突出之處，只有尋常和平鋪直敘，但這卻更加深了人們對他的景仰，幾乎臻於神話境界。有愈來愈多的讀者想要追隨他的足跡，到他的墳前默哀致意。皮克的鐵粉紛紛來到克羅宗墓園，有時瑪德蓮會在裡面碰到他們，她不明白這些人的居心，會直接上前請他們離開，不要打擾她的先生。難道她相信他們會驚擾死者？不管怎麼說，他的秘密已經被人給妨礙了。

這些特別的訪客也會順道造訪皮克的披薩餐廳，然後失望地發現現址已經被可麗餅餐廳給取代。新的店東傑哈・米松和他的老婆妮可面對令人又驚又喜的如織遊人，決定在菜單中加入披薩。更新菜單的頭幾天簡直就是災難，可麗餅老闆完全應付不過來。「結果我現在得去做披薩……一切都是因為一本小說。」他不可置信地碎碎唸，同時忙著熟悉窯爐的操作。不久，可麗餅就完全被打入冷宮。同時也有愈來愈多客人想要參觀皮克寫作的地下室，米松興致勃勃地規畫朝聖參訪，口無遮攔地大加渲染。幾個月下來，他也捏造出一個毫無根據的故事，小說中的小說就這樣被虛構出來。

有天早上，傑哈・米松正在整理儲糧室的食材，突然決定搬一張餐廳的小餐桌下來，他拿了張椅子坐在桌前，從來沒寫下任何東西的他心想，這個神奇的地點或許會令他文思泉湧；只要備妥紙筆坐在桌前，奇蹟就會發生。但是什麼動靜也沒有，沒有靈感，什麼都沒有，連個句子都難產，還是做可麗餅（或是披薩）輕鬆多了。任性作了幾天成為暢銷作家的白日夢之後，傑哈感到非常失望。

這時妻子撞見他伏案的荒謬姿態。

「你在幹嘛？」

「呃……反正不是妳想的那樣。」

「你不會是在寫作吧你？」

妮可狂笑不止地離去，上樓回到餐廳裡，她的態度其實還算溫柔，但傑哈覺得受到羞辱；老婆不認為他能寫作或只是很單純地沉思片刻。兩人再也沒提起過這件事，但是夫妻間的相處已初見裂痕。有時行事必須出其不意、跳脫日常窠臼，才能真正知道另一半對我們的看法。

4

米松夫婦的裂痕是皮克小說出版後受到波及的無數事件之一，這本小說改變了許多人生，而且當然，小說的名氣也順勢拉抬了退稿圖書館的知名度。

多年來並未認真加以打理的瑪嘉麗，現在不得不重新規畫這個存放出版界遺孤的空間。起初不過是幾位個體戶來寄存手稿，但沒多久她就開始窮於應付，就像是每個法國人都留存了一本手稿似的。許多人不曉得必須親自前來寄放，於是每天都有數十本小說送到，這裡儼然成了巴黎的某間大型出版社。瑪嘉麗不知該怎麼辦才好，向市政府求援，市政府便在館裡開設一個附屬的藏間，專門保留給被拒絕的書稿，克羅宗頓時成為未出版作家的代表城市。

看著這座遠在天邊而平時冷清的小城突然間人來人往，讓人很不習慣。在這群受到文字創作所激勵的男女中，很輕易就能識別哪些是前來存放手稿的，但並非每一位都是喪家之犬的模樣。有些人覺得把稿件留在這裡是件很炫的事，就算只是私人日記。克羅宗廣納百川，讓各種光怪陸離的作品匯流於此。有時會有些遠道而來的作家，例如兩位專程從克拉科夫來此的波蘭人，只為了留下他們眼中未獲賞識的傑作。

年紀輕輕的傑瑞米來自西南部，到這裡寄存過去幾個月的創作成果，包括一本短篇小說集和幾則詩選。二十來歲的他神似科特．柯本，長身拱背，一頭又長又髒的金髮，不修邊幅的外貌底下煥發出來的卻是令人動容的光輝。傑瑞米是名時代的遲客，整個人宛如一九七〇年代相簿中的人物；他的創作受到何內．夏爾或亨利．米肖的影響，具有使命感和掉書袋的詩風，除了他自己之外任何人都難以參透。傑瑞米擁有屬於無立足處之人的脆弱，他們四處流浪不斷找尋一處可以獲得安慰的地點。

不停招呼這些送書稿來的人讓瑪嘉麗累壞了，她有時會咒罵顧維克想出這麼一個莫名其妙的點子；她從沒覺得這個計畫如此荒謬，對她來說就只會帶來額外的工作量。看見傑瑞米的時候，她心想又是一個缺乏認可的可憐人，而且他一定會像其他人一樣跟她聊個沒完。他還算親切地送上自己的作品，溫和的態度與那嚴肅孤僻的外表形成巨大落差。瑪嘉麗最後還滿感謝他的來訪，而且終於發現原來對方長得那麼帥。

「我信任您，請不要閱讀我的手稿，」他幾乎是用氣音在說話，「畢竟內容算是非常地私密。」

「不用擔心……」瑪嘉麗回答，兩頰略微飛紅。

傑瑞米知道這名婦人一定會因為他剛說的這句話而去讀他的手稿，不過也不要緊，反正這地方就像是座任何想法都被視為無關緊要的島嶼；他在這裡覺得很輕鬆，雖然外在看來充滿自信但他其實十分內向。他在圖書館裡流連了一會兒，觀察瑪嘉麗的一舉一動。在一雙藍眼睛的注視下，瑪嘉麗覺得相當窘迫，試著煞有介事地稱職演出，但任誰都看得出來自從傑瑞米進來之後，她就在佯裝忙碌。為什麼他要如此看著她？也許對方是個神經病？不會吧，他看起來那麼溫柔無害，從他走路、說話、呼吸的方式就可以看得出來；他似乎為自己的存在感到抱歉。不過他渾身散發出一種無可否認的魅力，任誰都無法不對這名男子多看兩眼[17]。

他不發一語待了一會兒，兩人偶爾會相視而笑，最後他走近瑪嘉麗。

「也許我們可以一起去喝一杯？等您下班之後。」

「喝一杯？」

「是啊，我一個人從很遠的地方來這裡寄放手稿，什麼人都不認識……如果您可以的話就太好了。」

「可以啊……」瑪嘉麗回答，如此不假思索、理智斷線的反應把她自己也嚇了一跳，但都已經答應了……那就只好跟對方去喝一杯。這只是出於禮貌，畢竟他人生地不熟的，再說也是因為這樣他才會提出邀約，如此而已；他不想要孤單一人，這完全情有可原。對啊，就是因為這樣他才想要跟我喝一杯，瑪嘉麗心想，對當下情況上演了好幾分鐘的內心戲。

5

幾分鐘後，她傳簡訊給先生：有很多工作進度落後。這是她第一次對他撒謊，並不是因為有所堅持，而是因為過去她完全無需捏造事實，只是克羅宗這個小城也瞞不住任何秘密，最好的方式也許就是在閉館後待在圖書館裡，兩人可以在她的辦公室裡喝一杯。她為什麼要答應呢？她覺得這個邀約很吸引人，如果拒絕，那她的人生就再也不會有任何波瀾了，難道這不正是她從前的夢想嗎？她連自己也弄不清楚內心真正的感受；她已經很久都不再過問自己的慾望，更不用說是情慾了。先生也不太碰她，就算偶爾對她發情也只是例行公事的洩慾而已。過程其實可以很愉快，但卻都像是毫無丁點肉慾纏綿的原始交配，然後現在就出現了這位邀她喝一杯的年輕人。他年紀多大？似乎比她的兩個兒子還年輕，大概二十歲？她希望不會比這個再低了，不然實在太可恥。但是她沒有詢問他的年紀，關於對方的一切她一概不想過問，就讓這片刻成為一個謎團，一個不會僭越她餘生的非現實。然後，兩

17. 如果瑪嘉麗熟悉帕索里尼就會想起他的電影《定理》，想起劇中的男主角只是如同魅影般的存在，就強大到足以震動眾人的靈魂。

人就只是喝一杯而已，對啊，喝一杯而已。

傑瑞米此刻正把啤酒喝完，同時眼神直勾勾地看著瑪嘉麗；後者別過頭去，試著裝出一派輕鬆的模樣，拋出兩三句無關痛癢的話語來妨礙難以忍受的沉默。傑瑞米要她放輕鬆，沒有非要開口的必要，他們可以保持這樣下去，他覺得沒什麼不好。他反對人際關係中存在任何形式的慣例，其中的前幾名就是兩人獨處時就一定要開口說話，但他反倒是開啟了話匣子：

「這是一間奇怪的圖書館。」

「奇怪？」

「是啊，還滿奇怪的，這個收藏退稿書的角落，一個像是受到詛咒的角落之類的感覺。」

「這不是我的點子。」

「那妳覺得怎麼樣？」

「對我來說，之前它有等於沒有一樣，直到後來出現了皮克的小說。」

「妳覺得這本書真的是他寫的嗎？」

「是啊，當然，為什麼不會是他呢？」

「不為什麼，只是你做披薩，從來不看書，過世之後被人發現寫下一本偉大的小說，這不是很奇怪嗎？」
「我不知道。」
「那妳呢，妳也會做些不為人知的事情嗎？」
「不會……」
「那這間圖書館是誰的點子？」
「是僱用我的一位先生，尚皮耶・顧維克。」
「他有在寫作嗎？」
「我不曉得，我跟他沒有那麼熟。」
「妳和他共事了多久？」
「十年多一點吧。」
「你們長達十年每天待在這個小房間裡，結果妳說妳跟他沒有很熟。」
「對啊，總之我們會聊天，但至於他在想什麼，我不太清楚。」
「妳想妳會去看我的書嗎？」
「應該不會，除非你希望有人看。我從來不會去翻閱寄存在這裡的手稿，因為通常都是些很糟糕的作品。今天每個人都自認是作家，皮克大受歡迎之後情況更是嚴重。根據這些人的說法，每個人都是懷才不遇的天才，大家都是這麼跟我說的，這些社會邊緣人真的是讓人疲於應付。」

「那我呢？」
「你什麼？」
「妳見到我的時候心裡在想什麼？」
「……」
「妳不想告訴我嗎？」
「我覺得你很帥。」

瑪嘉麗不敢相信自己居然這麼說，毫不拖泥帶水。交談中的審問成分其實大可以令瑪嘉麗覺得難為情，但完全不會，她渴望跟對方一直聊下去，一路喝到隔天早上，甚至暗暗希望這一夜永遠不會天明，放任自己迷失在時間裂隙的某個角落。但就算再坦白直率，她也絕口不提自己的感受或情緒。為什麼她要表明自己覺得他很帥？這是個最關鍵的已知數，足以將其他條件都給抹煞。她可以單純享受跟他說話的過程，但比起內心逐漸高漲的慾望，這根本微不足道。她有多久沒有這種感受了？她說不上來，也許這是有史以來的頭一遭；這慾望就和之前空虛的情慾生活一樣令人難耐。傑瑞米直盯著她看，臉上掛著一抹極淡的微笑，我們可以相信這個男人很享受慢慢來的過程，絕不猴急躁進。

後來他起身往前走近，將頭靠在她肩膀上，瑪嘉麗試著克制自己的喘息，希望不會因此洩露那如脫韁野馬的心跳聲。傑瑞米一隻手沿著瑪嘉麗的身軀下滑，撩起她的洋裝，他甚至都還沒有親吻她，就用手指侵入她體內。瑪嘉麗用盡全力緊抓著他，不過是單純的愛撫就足以讓她臻於忘我的境地。這時，傑瑞米熱烈地吻著她，一隻手使勁掐住她的後頸，瑪嘉麗往後傾倒，輕飄飄地就像她的身體在歡愉之中昇華。傑瑞米抓起她的手往自己的私處摸去，她開始愛撫卻沒有看它一眼，動作有些笨拙，但卻足以讓他興奮昂揚。他要瑪嘉麗起身背對他，然後立刻從後方挺進。瑪嘉麗完全不知道過程持續了多久，因為在這令人遺忘今夕是何夕的肉體激情中，每一秒都會將前一秒一筆抹煞。

6

兩人此刻癱在籠罩暗影的地板上，瑪嘉麗的洋裝掀起，傑瑞米的長褲褪下。她聽見手機響起，當然是她丈夫，但不重要了，瑪嘉麗還想要再來一次，就在同一天晚上，因為她現在才驚覺自己度過了與其他肉體無緣的大半輩子，但她還是重新把衣服穿好，對自己的裸露有些難為情。他怎麼會想要她？而且為什麼是她？他想要任何女人大概都可以手到擒來。這一切簡直就是海市蜃樓，或是電影裡面才會發生的情節，她不應該存有太多幻想，而是單純去享受當下的美好。他會離開這裡，這才是完美的結局；她可以在腦海裡一再去回味這段經歷的分分秒秒，而那就足以讓一切再次重現。

「妳為什麼穿上衣服？」

「我不知道。」

「妳必須回家了？妳老公在等妳？」

「不是。好吧，是的。」

「我想要妳留下來，如果可以的話。我看我得在這裡過夜了，假如妳不反對，我沒有預訂房間。」

「好啊，當然可以。」

「我還想要妳。」

「你不覺得我……」

「什麼？」

「你不覺得我太胖了嗎？」

「不會，完全不會，我喜歡有體態的女人，這會讓我安心。」

「你有這麼需要感到安心嗎？」

「……」

7

心焦的裘瑟又發了一封簡訊，他正決定直接到圖書館去，但瑪嘉麗回覆表示歉意，整理圖書清冊令她分不開身，不過她立刻就會回家。她把自己散落的物品一一撿起，同時看了一眼剛與她做愛的男人。

「所以我是圖書清冊。」他歎了口氣。

「我必須回去，我沒有選擇。」

「放心，我了解。」

「你明天早上還會在嗎？」瑪嘉麗明知故問，他會回到自己的地方，他是不會留下的浪子，但他卻回答自己會在這裡，語氣帶著認真篤定，瑪嘉麗似乎還聽見他說了什麼。他有說話嗎？感官的混亂讓這一刻失足掉入輕微的幻覺中，必須牢牢抓緊對方才能確定這是現實。傑瑞米後來低聲再說了一遍：「明天早上在開館前過來，用妳的嘴喚醒我……」瑪嘉麗並不想弄清楚這露骨的要求是什麼意思，任憑自己陶醉在這場肉體邀約的幸福裡；再過幾個小時，他們又會在一起了。

上了車之後，在這必須趕回去的當下，瑪嘉麗卻呆坐片刻沒有發動。她打開車燈，發動引擎，每一個尋常動作都沾染了近乎神話的成分，像是剛才發生的事感染了她全部的人生，就連過去幾十年來每天都會行經的道路，在她眼裡都不一樣了。

VII

1

幾年前，尚米榭．胡許在文學界的確擁有舉足輕重的影響力，他的文章令人敬畏三分，特別是在《費加洛文學》主筆的專欄。他喜歡這種權力在手的感覺，讓那些新聞專員空等他不置可否的午餐邀約，還有總是先刻意沉吟留白，才如同下達神諭般對某本小說發表看法。但他不過是個雲煙國的王子，卻自以為身在永恆之境，報社只需要任命新的編輯，他就得乖乖走人，隨後馬上會有新的編輯榮膺新職，等待幾年之後再被辭退，朝不保夕的權勢不斷上演著走馬換將。

胡許在如日中天之際樹敵無數卻不自知，他不認為自己惡毒或偏頗，不過是在學識上誠實面對自己的感受，撻伐那些惺惺作態或過譽的作家。他從來沒有以永續經營職涯的想法來應對酬答，但至少他有盡到自己的本分。可是他卻再也找不到能夠暢所欲言的天地，無論電台或電視，甚至連報章雜誌都沒有他的容身之處。漸漸地，他被大家給遺忘，成為一個依稀記得卻說不出口的名字。

然而，經歷過這段難熬的日子，他並沒有尖酸憤世，而是變得近乎宅心仁厚。他在外省城鎮主持文學論壇，發現每位作家背後——就算是三流作家——都蘊含了創作的能量和完成一件作品的夢想。他和一群見證自己起落的人群分享冰冷的自助餐和手工捲菸，每晚回到旅館，他會仔細打量自己的頭髮，然後驚恐地發現它們不可挽回地逐漸消失，特別是他頭頂上的位置。他將自己的社交生活和頭皮健康兩相比較，證據毋庸置疑：落髮現象是在他被解僱之後開始的。

皮克的小說問世後，他漸漸對這個出版故事產生某種偏執，他交往三年的女友布麗姬不明白為什麼他開口閉口都是一本他認為身世可疑的作品。根據他的說法，這根本就是一齣自導自演的文壇大戲。

「什麼在你眼裡都是陰謀。」布麗姬說。

「我不相信藝術家會想要沒沒無聞，當然還是有一些，可是真的是屈指可數。」

「才沒有呢，很多有才華的人都寧可孤芳自賞，像我就是，你曉得人家會在洗澡的時候唱歌嗎？」布麗姬對自己濕身高歌的機敏回答感到很得意。

「不曉得。我無意讓妳不開心，但我認為這是兩碼事。」

「……」

「聽著，我就是覺得這件事不對勁，等到真相揭曉之後，我可以跟妳說，到時候一定會是一片譁然。」

「我覺得這是個很動人的故事，我覺得是真的；你啊，你就是什麼都看不順眼，真可悲。」

尚米榭不知道該如何回應對方有些不留情面的措詞，這又是一種對他不滿的表現。尚米榭感覺布麗姬已經厭倦了他，這其實不令他意外。他不斷掉髮、體重增加，社交生活乏善可陳，收入也愈來愈少，造成他無法心血來潮就帶布麗姬上餐館，因為現在任何開銷都必須預做規畫。

說實話，布麗姬對此並不太在乎，她只期盼尚米榭能夠重拾兩人初識時的熱情，找回他說故事的方式和熱切開朗的態度。雖然大部分的時間裡，尚米榭依舊溫柔體貼，但她可以感覺到他內心的陰暗面正逐漸攻城略地；他放任自己尖酸憤世，到頭來會對這位布列塔尼作家的故事嗤之以鼻，自然也不會讓布麗姬感到訝異。可是布麗姬弄錯了，事實與她的認知完全相反，尚米榭的內心有某樣東西覺醒了，已經有好久沒有動力可以如此鼓舞他。他想要進行調查，確信結果將會對他的人生產生決定性的影響。拜皮克之賜，他就要重回文學舞台的正中，為了達到目的，他必須聽任直覺的指引，找出該書化名炒作的證據，而布列塔尼就是他起跑的第一站。

尚米榭懇求布麗姬把車借給他，但這的確很讓人猶豫：她知道尚米榭的駕駛技術很糟，但她也並不反對讓對方遠離自己幾天，這對兩個人都好。布麗姬同意借車，但也嚴正要求尚米榭絕對要小心駕駛，因為她沒有多餘的錢支付額外的保險開銷。尚米榭很快整理好行李，坐上駕駛座，但在不到兩百公尺外的第一個高速過彎，他就失手刮擦到這輛富豪汽車。

2

看過瑪德蓮的電視專訪之後，胡許很清楚自己絕對無法從她嘴裡問出任何第一手消息，必須直接從她熱愛被人訪問的女兒下手。截至目前為止，大家都只是請她聊聊過去發生的小故事，內容相當溫馨，但是胡許決定挖空心思要她盡可能提出書面佐證，他確信自己能夠在某處找到證據，證明他的直覺沒有錯。喬瑟芬對媒體的爭相訪問樂此不疲，把握機會大談自己的內衣店，並為店鋪帶來可觀的廣告效益。胡許在網路上讀過她所有的專訪內容，忍不住對她產生負面觀感，甚至覺得她有些愚蠢。

行駛在前往雷恩的高速公路上，車身上的刮痕一直令他耿耿於懷，布麗姬絕對會很不開心。但他還是可以把過錯推諉給別人，言之成理地說他拿到車時就是這副模樣，肇事的冒失鬼甚至沒有留下電話號碼，報告完畢。不過尚米榭很肯定布麗姬不會相信，因為他天生就是一副會刮傷借來的車的模樣。他可以承諾會負責維修，但是錢從哪來？不穩定的現狀讓他和其他人的關係更形複雜，必須借車代步這件事就是現成的例子。如果身上有錢的話，他就會去租一輛車，額外加保涵蓋「刮痕在內」的所有車險方案。

途中，他回想起最近這幾個月，自問失意潦倒的情況會把他逼到什麼地步。他搬離原本的豪華大公寓，搬進巴黎一棟氣派大樓的頂樓套房，這個地址還能讓他持續保有顏面，不過沒人知道他使用的不是電梯而是後樓梯。唯一一位讓他鬆口坦白的是布麗姬；經過幾個禮拜的熱戀之後，他不能再隱瞞真相了。先前，他有好幾個禮拜拒絕邀她來家裡，引發後者懷疑他是有婦之夫，在得知實情之後，她才終於鬆了一口氣：原來尚米榭身無分文。布麗姬覺得這沒有什麼大不了的，一直以來她也是自食其力撫養兒子，從沒依靠過任何人。得知真相後，布麗姬淺淺一笑；她總是會被沒錢的男人給迷倒。但幾個月過後，這卻成了一件麻煩事。

雷恩就在眼前，胡許試著忘記刮痕和人生災損的總體檢，要自己專注在調查上。開車的過程中，他感覺自己踏實地活著，有時就是該讓兩旁風景不斷飛馳，才能確定自己真正存在。的確，他調查的既不是兇殺案也不是墨西哥層出不窮的失蹤案[18]，但他必須去揭發文壇這樁化名炒作的真相。因為太久沒有開車，他心想最好還是小憩片刻。他帶著愉悅的心情，最後在加油站喝了一杯啤酒，同時在口味眾多的巧克力棒中猶豫不決，最後他選擇的是第二杯啤酒。他曾下定決心要少喝點酒，但今天是個與眾不同的日子。

胡許在午後兩三點左右抵達雷恩，在沒有導航的指引下，他又多花了一個鐘頭才找到喬瑟芬的店。店門外剛好有個車位，這個具體的事實對他來說更像是某種徵兆，他簡直不敢相信，喜出望外的程度完全超出合理範圍。這些年來只要有機會開車，他的習慣就是一再地東繞西轉，最後卻把車停在送貨專用的車位上，結果整個晚上都坐立難安。但今天一切都和以往不同，全新的開始令他內心十分激動，一個不小心他竟在路邊停車時二度失手，車身又被刮了一次。

胡許才不過得意了兩秒鐘，隨即再次落入他悲慘的現實處境；更慘的是：他將無法說服布麗姬說這不是他的錯。一天被人擦刮兩次的可能性實在太低，除非另外捏造一個遭到惡意破壞的緣由，像是有人因為他的調查而懷恨在心。他無法判斷這個說法有多少可信度，有誰會因為他在調查隱藏在一位布列塔尼披薩店老闆背後的影子寫手而對他懷恨在心？

3

胡許覺得有些氣惱，為了激勵自己完成調查的第一步，他決定到對面的酒吧喝杯啤酒。他點了一杯**小妹***，對於用酗酒來逃避現實的酒客來說，這種甜美中帶著溫柔挖苦的說法還真是一大安慰。

幾分鐘後，胡許進到店裡，比起送老婆高級內衣的老公，他的德行更像是來這裡偷窺小褲褲的變態老頭。新來的店員瑪蒂爾德走到他身邊。她頂著商校碩士的頭銜，但穩定的工作真不好找，她先後做了幾份臨時人員的差事，才終於拿到了這紙

18. 當時他正在讀羅貝托·波拉尼奧的《2666》。

* Commander la petite sœur，法國俗語，字面意思是「點小妹妹」，引申為「續杯」、「點一杯和之前相同的飲料」。

合約，難得的機運也要拜亨利．皮克的小說所賜。大小專訪為內衣店帶來驚人的曝光率，使得喬瑟芬不得不僱用一名助理。因為這個緣故，瑪蒂爾德也讀了《一段愛情故事的彌留時刻》，並對書中的故事感到難過，不過她向來哭點很低。

「您好，有什麼可以為您服務的嗎？」她問胡許。

「我希望跟喬瑟芬談一談，我是記者。」

「不好意思，她不在店裡。」

「她什麼時候回來？」

「我不曉得，但我覺得應該不會是今天。」

「您覺得或是您知道？」

「她說她要離開一陣子。」

「這個說法很籠統，也許可以打個電話給她？」

「我打過了，但打不通。」

「這真的有點奇怪，幾天前到處都還看得到她。」

「不會奇怪啊，她有先跟我說，也許她只不過是需要休息一下。」

「休息一下。」胡許又低聲說了一遍，覺得老闆娘的突然消失不太尋常。

此時一位五十來歲的婦女走進店裡，瑪蒂爾德詢問她需要什麼，但對方沒有回答，只是尷尬地轉過頭看著胡許，後者立刻明白自己是對方沉默的原因；這位婦人顯然不想當他的面提起自己想買的內衣款式。胡許匆忙謝過瑪蒂爾德後步出店外，因為不知道要做什麼，只好又回到對面酒吧的露天座位上。

4

同一時刻，黛兒芬和費德里克剛吃完一頓時間拖得老長的午餐。經過幾個月的辛苦工作，黛兒芬總算可以保留一點時間給自己和她**最喜歡的作家**。費德里克抱怨都見不到她的人影，卻偏偏又很享受這些孤獨的時刻（他眾多的矛盾之一）；他認為兩個人在一起並不代表一定要一起消磨時間。

黛兒芬全神貫注在自己的職涯上，成為業界炙手可熱的人物，大家不是稱讚她就是試著說服她跳槽。其他家出版社都因為她發掘暢銷書的過人直覺，而將之視為出版界的明日教母之一，但有一天，大家終將發現她始終只是個小女孩，將她的真實樣貌揭露出來。亨利・皮克的小說銷量目前已經接近三十萬本，破紀錄的數字遠遠超過各方預期。

「格拉塞十天後要舉辦這本書的慶功宴。」黛兒芬說。
「會舉辦慶功酒會肯定不是因為我小說的銷量。」
「一定會輪到你的，我很確定你的下一本小說會得獎。」
「妳人真好，但我不是布列塔尼人，不做披薩，而且更糟糕的是我還活著。」
「別說了……」
「上一本小說我花了兩年的時間才完成，總共賣出大概一千兩百本。這個數字包括家人和朋友的購買，還有我為了送人而自掏腰包，裡頭應該還有不小心買錯的讀者，以及在書店辦簽書會時心生同情的過路客捧場。到頭來如果只計算真正的銷售數字，我應該只賣出了兩本。」

黛兒芬忍不住狂笑不止，費德里克的自我解嘲總是能討她歡心，但有時程度已經接近尖酸的地步。他接著說：
「這場鬧劇還在持續延燒，妳不也看到有很多家出版社都派了實習生前往克羅宗，希望從裡頭淘出另一塊黃金。可是一想到我們在裡頭看了多少沒頭沒腦的作品，就覺得這一切實在太離譜了。」
「就讓他們去吧，這不重要，人家現在在乎的是你的下一本書。」

「說到這個，我正想跟妳說我有了書名。」

「是嗎？然後你就這樣直接告訴我？實在是太棒了。」

「……」

「所以呢？告訴人家啊！」

「書名會叫作《說實話的男人》。」

黛兒芬直視費德里克的雙眼，沒有說一句話，是因為她不喜歡嗎？她最後支吾說還沒看過書的內容實在很難評斷書名優劣；費德里克則強調她不久之後就能夠先睹為快。

幾分鐘後，他要求黛兒芬下午請半天假，就像兩人的初次約會，他想要和她一起散步然後做愛。黛兒芬似乎很猶豫（而他最痛恨的必然是這一點），最後表示工作實在太多，特別是有慶功宴要準備，費德里克也並不堅持（而她最希望的無疑是這一點），兩人在大街上分別，臨別輕輕一吻像是承諾了下回彼此將有更熱烈的交流。費德里克看著黛兒芬離去，聚焦在她的背影上，渴望她會回過頭來。他夢想她會給他最後一個暗示，讓他可以留藏心懷的姿態直到下一次的約會，但是黛兒芬並沒有轉過來。

5

胡許整個下午像螺絲釘般固定在露天咖啡座上，啤酒依循無痛的節奏一杯接著一杯。才剛展開調查就掉進了死胡同，他不知道該怎麼辦，前一天他還幻想自己是法蘭西文壇的驍勇騎士，預感自己的人生就要迎來柳暗花明，但現在卻一頭撞上不太合作的現實。喬瑟芬人不在這裡，也沒人知道她何時回來，他不能自甘墮落為蹩腳偵探，畢竟連一展身手的機會都還沒有，他只是個在起跑點就遇上故障的賽車手[19]。這幾年來，胡許的人生天翻地覆，他卻只能束手，但命運仍不鬆手地追打著他。酒精催發的不是外放的狂喜、就是失控的頹喪和可悲的念頭，下肚的黃湯必須面對體內的兩條歧路，而它在胡許體內選擇的是夾帶一絲自我詆毀的消極道路。

值得開心的是，他剛收到格拉塞出版社媒體處的電郵，邀請他參加皮克小說的慶功酒會。閱讀這封郵件的同時，他正循線想找出本書化名炒作的證據，對此他覺得有些荒唐可笑，但這並不是他主要的感受，此刻充溢他內心的是名列受邀賓客的天真喜悅，這表示人們並沒有完全忘了他。過去幾個月來，他獲邀參加大小典禮的次數愈來愈少；他告別權力在握的同時，也告別了社交生活。大家不再邀他共進午餐，曾經和他建立情誼的某些媒體專員也紛紛疏遠，過程沒有什麼不愉快，只是出於務實的考量，不過就是沒有多餘時間和一位媒體影響力如同驢皮般皺縮成寸縷的記者共進午餐而已。獲邀的喜悅令他嘴角上揚，而從前他還會因為滿滿的邀約而咳聲嘆氣。在窮途潦倒的時候，我們總有一天會突然瘋狂愛上此生難再的光景。

他一邊靜靜喝著啤酒，一邊看著這些女人不停在對面的內衣店進進出出。他想像每位女客在試衣間內寬衣解帶的模樣，不是因為什麼淫邪好色的念頭，只是像個青少年般任憑自己作著白日夢。他心想只要能夠目睹女人購買內衣的過程，就一定能夠了解她們的秘密和內心世界，這是他（啤酒）午後發想的眾多理論之一。瑪蒂爾德在最後一名顧客離開後，走出門外準備關店，眼角瞥見對面的人行道上坐著那位幾個鐘頭前向她打聽老闆娘下落的男子。胡許毫不扭捏地給了她一個爽朗的友好笑容，彷彿兩人是舊識一般。巨大落差讓年輕女店員簡直不敢相信他就是之前與她攀談，舉止拘謹而且很不自在的那個人。

微笑之後，胡許接著揚起手，做出比較接近朋友互道晚安的手勢，而不是邀請對方前來共飲，但瑪蒂爾德可以自行選擇她想要的詮釋。在揭曉她的決定之前，這

19. 這是個令人費解的賽車比喻，因為自從他起跑以來，唯一讓人記憶猶新的是車身上的兩道刮痕。

裡必須強調一件事：她在雷恩這裡人生地不熟。瑪蒂爾德來自羅亞爾大西洋省的一個小村鎮，在南特求學，最後爭取到雷恩的這份工作。失業率只要持續攀升，人口的流動勢必也會更加頻繁，在經濟危機這段時期，其實很容易在大城市裡見到許多離鄉背井的人群。她向胡許走去，並立刻開口問他說：

「您還沒走啊？」

「是啊，我在想她下午說不定會來店裡一趟。」他支吾著找藉口。

「沒有，她沒有過來。」

「她有打電話給您嗎？」

「也沒有。」

「您可以跟我喝一杯嗎？」

「……」

「您該不會要連續三次對我說『不』吧？」

「好吧。」瑪蒂爾德回答，對胡許的反應感到莞爾。

胡許不可置信地看著對方，已經有好久沒有陌生女子如此坦率接受他共飲的邀約，而沒有任何工作應酬的性質。他不過是耍了一點幽默而已，完全是無心插柳；必須承認，當我們不會有任何損失的時候，通常都能有出色的表現。他必須秉持相同的態度進行調查，勇往直前，不要去思考自己能有什麼成果。但還是有個後果必須承擔：瑪蒂爾德此刻就在他眼前，坐在他的身旁，他必須跟對方說話才行；是啊，他可不是邀對方過來共享沉默。但要說什麼呢？面對這種情況該說什麼才好？而且更糟的是，就在瑪蒂爾德答應一起喝一杯的那一刻，胡許才發現她長得很正。這一點加深了他的焦慮，但已經太遲了，他必須表現出風趣、討喜，又富有魅力；難如登天的三個條件。他幹嘛邀對方過來坐？白癡一個。而她，她又怎麼會願意和一個能夠在同一天刮花汽車兩次的男人一起喝一杯？此情此景她也不是完全沒有責任。尋思之際，胡許堆砌了許多不自然的微笑來掩飾內心的焦慮，但他感覺瑪蒂爾德可以從他的表情看穿一切，他完全無法力求表現。

所幸服務生及時在這一刻現身。瑪蒂爾德表示想喝啤酒，胡許則點了沛綠雅礦泉水，決心在酒精路上迷途知返，回到節制有度的道路上。為避免尷尬氣氛再次升溫，他繼續談起自己的調查進度：

「所以您不知道她在哪裡？」

「不知道，我告訴過您了。」

「您確定嗎？」

「您到底是記者還是條子？」

「我是記者，您不用擔心。」
「我不擔心啊，為什麼？我應該嗎？」
「不是的……完全不需要。」
「喬瑟芬說她已經受夠了這麼多的專訪，但這對店裡的生意真的很有幫助。」
「……」
當不知道該說什麼的時候，胡許索性就在交談的過程中直接沉默。經歷過一連串的打擊之後，他已經喪失了所有的社交手腕，就連他的面貌也因為困境而發生變化，原本的冷嘲熱諷現在充滿茫然失措，先前冷峻嚴厲的皺紋逐一淡去，取而代之的是一張近乎驚慌的臉孔，讓人可以放心相信同時心生些許同情。這名陌生人令瑪蒂爾德動容，她決定把知道的一切告訴他。

6

這一切要回溯到十幾天前。有天早上，喬瑟芬興奮雀躍地來到店裡，那畫面真的十分不尋常：她不過是靜靜站著不動，但我們幾乎可以說她在蹦跳著。
瑪蒂爾德之前認識的老闆娘為人非常熱情，但卻不輕易吐露心事，然而當天她很驚訝發現後者性格中的另一個面貌，就像是有股能量在驅動她，讓瑪蒂爾德想起跟自己年齡相仿的女性朋友。喬瑟芬像是初識纏綿滋味的青少女，完全藏不住心事，只要有人願意豎耳傾聽，她就樂意掏心掏肺，而那位豎起耳朵的就是她僱用的年輕女店員：

「這簡直是在作夢，我跟馬克共度了一夜，妳能想像嗎？在分開了這麼多年以後……」

瑪蒂爾德完全無法體會這事情有什麼大不了的，但仍裝模作樣地瞪大雙眼，佯裝出一副興味盎然的神情，精湛演技可以說不無天分。老實說，她驚訝的反應是因為老闆娘竟然把這麼私密的心事告訴她，而兩人其實並沒有那麼熟。她一邊維持臉上的表情，一邊聽著喬瑟芬沒完沒了的獨白。

所以馬克是她的前夫，為了另一個女人一夕之間拋棄了她，她獨自一人生活，兩個女兒離家到柏林開了間餐廳。回首這段時光，最難熬的或許是孤單這件事吧，但她是自作自受，是她自己不願意和朋友見面，更不用說是曾見證過去的其他親友。所有能讓她想起馬克的一切都會刺激到她，但將近三十年的夫妻生活，馬克的身影早已無所不在。在雷恩這裡，喬瑟芬刻意迴避兩人曾一起造訪過的城區，結果整座城市被劃定的容身之處僅餘方寸，囚籠式的地理格局更加深了她的絕望。

但馬克的來電又牽起了音訊。當喬瑟芬接聽時，他只說了一句：「是我。」彷彿這句「是我」的正當性是個不朽不滅的已知數，能將愛侶之間的親密感升溫；伴侶間從不以名字相稱是司空見慣的事。他先是對時間的流逝感嘆幾句，然後才坦白說：

「我在報紙上看到妳，太不真實了，我簡直不敢相信，心裡覺得很激動。」

「……」

「妳爸寫了小說的故事實在讓人難以置信，我從來沒想過……」

「……」

「喂？妳在聽嗎？」

是的，她在聽。

但她無法立刻有所回應。

是馬克先打過來的。

他最後提議出來見面。

她支吾著答應了。

7

多年後要再和對方見面，就像是要奔赴第一次的約會。喬瑟芬對自己的外表十分在意。他會做何反應呢？她肯定是變老了。喬瑟芬端詳好一會兒鏡中的自己，頗驚訝地發現原來自己還算美麗，但她通常不會自我感覺良好，而且正好相反，她經常可以用一種令人疲乏的駕輕就熟，沉溺在自我醜化之中。不過這陣子她又重拾了對生命的熱愛，而這一點似乎可以從她逆齡的面貌中看出來。她怎麼會用憂傷來自戕而平白糟蹋了這些年？她幾乎對這痛苦的過往感到羞恥，彷彿痛苦不是對肉體的臣服而是種心智的選擇。她一直以為一切都結束了，今後她可以毫無痛楚地和馬克在街上錯身而過，但她錯了，在電話裡聽見他聲音的時候，喬瑟芬立刻就明白自己從未停止愛過這個人。

馬克約定見面的地點是兩人還在一起的時候很喜歡去用午餐的一間咖啡館。喬瑟芬決定提早過去，她喜歡在馬克抵達的時候自己就已經入座，千萬不能四處張望搜尋目光，讓馬克在這個時候有機會把她徹底打量一遍。她很懊惱自己害怕馬克的品頭論足，她現在已經沒有什麼好損失的了。這裡什麼都沒變，裝潢還是老樣子，因而為這一刻平添了時空錯亂的感覺，當下披掛的是昔日的舊衣。她在各式各樣的飲料中猶豫不決，從花草茶到杏桃汁還有香檳，最後點了一杯紅酒。她覺得紅酒是折衷的好選擇，既能突顯兩人重逢的隆重，又不會太過歡欣。每個細節都讓她覺得無所適從，她甚至在思考該用什麼坐姿，還有胳膊、雙手、雙腳、眼神這些該往哪裡擺？她應該佯裝出一派輕鬆，還是應該挺直腰桿表示自己正在等待，像是在窺伺馬克的身影？馬克都還沒現身，喬瑟芬就已經累壞了。

馬克終於出現，也比預定時間早到了一些。他急忙朝喬瑟芬走去，帶著爽朗的微笑。

「啊，妳已經到了？」

「是啊，我剛有個約會也是在這一帶……」喬瑟芬扯謊說。兩人熱烈地親吻對方，相視而笑好一會兒，馬克才終於開口：

「再見到對方感覺有點奇怪對吧？」

「你一定覺得我很嚇人吧。」

「才沒有呢，妳曉得我在報紙上看到妳，當時我心想妳一點都沒變，反倒是我……」

「不會啊，你還是老樣子，還是那麼地……」

「我都有肚子了。」他打斷說。

馬克也點了一杯紅酒，兩人開始聊天，絲毫沒有片刻的留白，似乎他們從來沒有分開過，默契可圈可點。當然，兩人目前都在迴避地雷區，如果只是聊些無關痛癢的中性話題，說說最近上映的電影或是從前兩人共同朋友的近況，的確比較容易相處融洽。他們就在重逢的輕鬆氣氛中接連喝了幾杯紅酒，但這不是在作夢吧？喬瑟芬不停想起另一個女人，問號礙事地懸在她嘴邊，她按捺不住必須脫口而出，就像是位逃離火燒屋的狂奔男子無從攔阻：

「那……她呢？你一直和她在一起嗎……？」

「沒了，結束了，好幾個月前的事。」

「是嗎？為什麼？」

「一言難盡，我們再也沒辦法相處……」

「她想要小孩嗎？」喬瑟芬猜測。

「是啊，但這只是原因之一。我不愛她了。」

「你是什麼時候發現的？」

「其實沒多久，但是因為我為了她犧牲了我們的感情，所以我一直在欺騙自己，直到我下定決心離開為止。」

「那你為什麼想再見我？」

「我跟妳說過了，我在報紙上看到妳，這就好像是個徵兆；妳也曉得，我從來不看報紙的。一開始，我不認為自己有資格打電話給妳，畢竟我曾經讓妳那麼痛苦，而且我也不知道妳過著什麼樣的生活……」

「這一點我不相信，丫頭們應該都有跟你提起過。」

「她們跟我說妳一直是單身，但也可能妳沒有說出所有的事……」

「沒這回事，我什麼都沒隱瞞。在你之後，就沒別人了，我可以這麼做但是我從來就做不到。」

「……」

之前的交談絲毫沒有冷場，但此時進駐的卻是一股肅穆的沉默。馬克提議到別處去吃晚餐，雖然喬瑟芬很確定自己什麼都吞不下，卻還是答應了。

8

用餐期間，喬瑟芬不由得感覺這次約會的進展並不尋常，不像是一般的久別重逢，雙方通常會各自細數這些年來沒有對方的心路歷程，但是這次的氣氛卻很不一樣。馬克愈來愈清楚表明自己想要復合，這不正是她夢寐以求的嗎？不會吧，他一再強調自己對往日的懷念和羨慕，還有他犯下的錯誤，偶爾會低下頭來明確說出新的期許；從前他是那麼地胸有成竹，近乎自大狂妄，但現在的他卻毫無把握。看著馬克如此不安，喬瑟芬內心十分感動，態度也更加從容，這般泰然自若連她自己都嚇了一跳，但情況就是如此。現在一切都撥雲見日了，煎熬了這些年，她等待的就是這一刻，她拈起餐巾一角拭去前夫鬢角上的汗水，就這樣，一切又重新開始了。

稍晚，兩人在馬克的住處做愛，這麼多年後再次碰觸曾如此熟悉的身體有種異樣的感覺。喬瑟芬的感受是初夜的膽怯中帶著對另一半的全然熟悉，但有件事跟從前不一樣：馬克十分認真地想滿足她。雖然過去她一直很享受和馬克做愛，但離婚之前的那幾年感覺都像是在交差了事，幾乎沒有任何情慾的成分在裡頭。但今晚不同，她可以感覺到馬克夾帶著一股奔赴新戰場的能量，他想要透過肉體向她承諾會改過自新。喬瑟芬想要忘情享受，卻沒有辦法完全擺脫對這件事情的注意力，她還需要一些時間才能全然忘我地投入其中，不過她還是體驗到了真正的滿足感。兩人對剛才的纏綿經過感到驚訝而無法抽離，最後喬瑟芬在馬克的臂彎中睡去，等到睜開雙眼的時候，她總算可以確認剛才經歷的一切都是真的。

9

接下來幾天，兩人持續重修舊好，每晚碰頭吃晚餐，席間提起往事和錯誤，計畫和幸福，最後再到馬克的住處歡愛。馬克看起來快樂又滿足，他不時會提起另一個女人如何令他喘不過氣，剝奪他的自由空間，想要掌控他人生中的大小事，而且還要求他送禮物，用金錢來安撫她。喬瑟芬不愛聽這些心底話，這會讓她再次陷入痛苦之中，帶著滿腹的不是滋味。過去的事就不要再提了。

「別再說這些了，拜託別再說了……」

「對，妳說得沒錯，對不起。」

「都結束了。」

「妳有想過妳父親真有辦法寫出這樣的小說嗎？」馬克問，突然轉移話題。

「什麼？」

「妳父親的書……妳真的有想到過嗎？」

「沒有，但是我也沒有預料到你我後來會變成這樣，所以沒有什麼是不可能的。」

「這倒也是，妳說得對，但是我們兩個可賣不出這麼多書！」

「那是一定的。」

「他們有告訴妳數字嗎？」

「什麼的數字？」

「呃……就是……妳爸的銷售數字，我在報上看到說這本小說賣了超過三十萬本。」

「我想應該沒錯吧，而且還在增加中。」

「太驚人了。」馬克表示。

「我不太清楚這代表什麼，但我想應該是滿多的。」

「那還用說。」

「但真的很奇怪，我父母工作了一輩子，一直過著很節省的生活，結果我爸就留下了一本會讓我媽致富的小說。可是你也曉得，我媽根本不在乎有沒有錢，就算她把錢都捐給慈善團體我也不意外。」

「妳這麼覺得啊？那好可惜哦，妳應該跟她談一談，也許妳就可以實現夢想，買艘船給自己……」

「啊，你還記得……」

「那當然，我什麼都記得，什麼都記得……」

喬瑟芬的確很驚訝馬克居然還記得這件小事。這個買船夢要回溯到她年輕的時候，當時她認為真正的自由只存在於海上。她成長在面對大西洋的原鄉，童年時光都在凝視那片海浪，每次回到克羅宗，她做的第一件事通常就是問候大海，探視母親甚至是之後才做的事。她睡去的時候還在想著這艘她可能會買下的船，一直到現在，她都還沒跟母親談起父親小說的版稅收益。她們的生活勢必會和從前不一樣了。

10

目前小說所帶來的效應更多是媒體的大肆報導。喬瑟芬持續收到記者來電詢問專訪意願和第一手的細節，她也承諾會去找找，只是搞不太清楚哪些東西可以派得上用場。記者一再強調比如說是信件？親筆文件？就像是一閃而過的念頭，她突然想起了某件物品。她幾乎可以確信在她九歲那年的夏天，父親寫了一封信給她，收到信的時候，她人正在法國南部的夏令營裡。她會記得，是因為這是唯一的一封信。當時如果分隔兩地，人們不習慣互打電話，而為了和女兒保持聯繫，皮克決定寫信過去。她是怎麼處理這封信的？父親在信中寫了什麼？她無論如何都要找出來，也總算有個父親留給她的親筆線索。她愈想愈覺得父親是刻意不留下任何證據；一個有辦法掩人耳目寫下如此傑作的人，絕對很清楚自己在做什麼。

她會把它收到哪去呢?喬瑟芬從來無法讓自己的大腦休眠,因此經常是在入睡的時候思考。當晚,她的思緒逐步往藏信的地點靠近,只需要再一兩個晚上就可以找到解答。無法深眠的人要不是累壞自己就是累壞別人,喬瑟芬不斷活在躁鬱循環的境界裡,有些日子她感覺活在慢動作裡,有些時日則感覺自己活力充沛,就這樣持續輪替著。每天早上來到店裡,瑪蒂爾德完全不曉得眼前的老闆娘會是遲緩懶散或是蓄滿電力,但最近這幾天幾乎都是第二種情況。喬瑟芬簡直無法閉上嘴,渴望將自己的遭遇告訴全地球周知,而地球濃縮成她眼界所及唯一存在的個體,也就是:瑪蒂爾德。這位年輕女店員不失滿足地洗耳恭聽馬克和喬瑟芬久別重逢的所有細節,她很喜歡看著這位令她深感同情的女人(畢竟是對方僱用了她)指手畫腳,就像是跟她同年齡的女孩一樣。

隔天晚上,喬瑟芬再次潛入回憶,試著回想她藏信的地點。離婚之後,她搬了很多箱物品回克羅宗,但她記得自己還留著收藏的黑膠唱片。當時她猶豫著要不要留下,因為身邊已經沒有可以播放的唱機,但是黑膠可以讓她回憶起自己的少女時期,只要看著唱片封套就足以立刻喚起一段記憶。在夢境裡,她看見自己將父親的信收藏在唱片的封套裡,這個動作她曾重複了三十多次,每次都會說:「有一天聽這張專輯的時候,我就會驚喜地發現這封信。」是的,她很確定自己曾經這麼做,不過是在哪一張唱片裡呢？她告訴瑪蒂爾德自己必須回家一趟聆聽她的黑膠收藏，瑪蒂爾德也並不意外，彷彿自己已經很習慣老闆娘最近幾天的反常行徑。

11

在開車返家的路上，喬瑟芬想到披頭四、平克．弗洛伊德、巴布．狄倫、阿蘭．蘇雄、珍妮絲．賈普林、米歇爾．貝爾杰及許多其他歌手。為什麼她不再聽音樂了？她在店裡偶爾會播放懷舊電台當作背景音樂，但並沒有真的在聽，不過就是情境音樂罷了。她回想起每次買了一張三十三轉唱片時的興奮心情，還有自己等不及想先聽為快的渴望。在聽唱片的時候，她就是專心地在聽唱片，坐在床上看著唱片封套，讓自己沉浸在歌聲的包圍下。這些都是往事了，她後來結婚，有了兩個女兒，不再聽這些唱片，然後CD問世，彷彿科技發展必須對她不再聽音樂負起責任。

到家後，她從地窖裡搬出兩箱覆滿塵埃的唱片。當然，她覺得很興奮，等不及想找出那封信，但是她想要享受這久違的樂趣，用好整以暇的步調逐一端詳所有的唱片封套。每一張唱片都是一段回憶、一個時刻、一種情緒。在瀏覽唱片的同時，她人生經歷過的時刻也在眼前開展，深深的愁緒中夾雜著沒來由的笑語聲。她將所有的唱片抽出來，期待能發現信件的蹤跡。她總是喜歡把小字條、電影票和其他文件夾進封套裡，讓它們藏身在音樂裡靜候經年，等待有天重見天日。她的人生一片一片地重新拼湊起來，過去每個階段的喬瑟芬紛紛在這個帶有懷舊色彩的場合中團圓了，而且就是在這裡，在這個懷舊的氛圍裡，她找到了父親的信。

它就藏在芭芭拉的唱片《生之悲》當中。為什麼她會把父親的信藏在這一張唱片裡頭？她其實可以立刻將封套取下，卻選擇靜靜看著這張三十三轉唱片，專輯中收錄了〈哥廷根〉這首動人的歌曲。喬瑟芬記得自己曾不厭其煩地一再聆聽，同時對芭芭拉這位擁有黑色力量的歌手崇拜得五體投地，但就像很多年少時所熱中的事物，迷戀的時間通常都很短暫，不過她仍有好幾個月都沉浸在芭芭拉令人感傷的歌聲裡。喬瑟芬用手機下載〈哥廷根〉立刻聽了起來，忘情地投入在歌聲中：

沒錯，我們啊這裡有塞納河
還有那一片凡仙之森，
但是天啊，玫瑰是如此迷人，
在哥廷根，在哥廷根。

我們啊這裡有天色微白的清晨
和魏倫陰鬱的詩魂，
但他們生來就是愁緒的化身
在哥廷根，在哥廷根。

芭芭拉向這座城市，還有特別是德國人民獻上崇高的敬意，這在一九六四當年是很勇敢的舉措。芭芭拉在大戰時是個到處藏匿的猶太小女孩，對於要到敵國登台演出猶豫了許久。抵達德國時，她的態度其實不太友善，因為準備的鋼琴不合意而端起架子，演唱會比預定時間晚了兩個鐘頭才開始，但沒人把這些放在心上，她仍受到觀眾的喝采和愛戴。主辦方非常用心安排，希望她能有一趟圓滿的德國行。芭芭拉從來沒有如此受到款待，因此感動落淚，她決定在這裡多停留幾天，寫下了幾行比任何演說都震撼人心的歌詞。喬瑟芬其實完全不清楚這首歌的始末，但那朗朗上口的旋律就如同擁人入懷的旋轉木馬令她非常感動。也許是因為如此，她最後才將父親唯一的一封信塞進這張唱片的封套裡。在芭芭拉歌聲的陪伴下，她重讀了寫於四十年前的這封信，父親從虛無中現身在她耳畔低語。

返回店裡時，喬瑟芬決定把信收藏在一般用來存放現金的小保險箱裡。下午店裡依舊門庭若市，比平常來了更多的客人，這一天真的是特別地忙碌。基本上，過去這幾個星期與過去這幾年截然不同，彷彿生命有天總會雪恥，報復那些空虛蹉跎或是波瀾欠奉的時日。

當晚，馬克守候在店門外等喬瑟芬下班，瑪蒂爾德暗地裡觀察這位老闆娘一提再提的男人，對方和她所想的完全不一樣。經由老闆娘口傳而在她腦海中形塑出來的馬克和在人行道上抽菸等候的馬克之間，存在著巨大落差，她本能地偏袒不存在的那位，那位她根據喬瑟芬的言談所塑造出來的馬克。

12

吃完晚餐後，破鏡重圓的兩人返回馬克住所。喬瑟芬比較喜歡在馬克家過夜，她不太能接受邀請馬克過來家裡，像是她的公寓會讓她無所遁形似的。她把找到信的經過告訴馬克，她很開心能和他分享這個重要時刻；馬克看來也十分興奮，不斷重複這本小說的故事如何地不可思議，然後補上一句：

「就像我們又在一起一樣……」

「是啊。」

「妳喜歡理察・波頓嗎?」馬克沒頭沒腦地問。

「誰啊?」

「理察・波頓,那個演員。」

「哦對,就是演出《埃及豔后》的那位,伊莉莎白・泰勒的老公。你問我這個幹嘛?」

「說到這個,妳曉得他們結婚又離婚……然後又重新結了第二次婚……」

「……」

他想要表達什麼?難道這是第二度求婚?自從兩人共度這幾晚以來,她就下定決心不要胡思亂想,放任自己享受這些意想不到的快樂就好。馬克忍不住開口:

「妳都不說話。」

「……」喬瑟芬答應了。

馬克牽起喬瑟芬的手拉她往床上去,但是她想要待在沙發上,內心的感受讓她無法動彈,突然間她哭了起來。這就是眼淚可貴的地方,它可以同時擁有兩種全然不同的含義:痛苦會令人流淚,幸福也會令人流淚。人體少有這類具備雙重性格的生理反應，能具體遊走在模糊地帶。然而就在此刻，喬瑟芬的手在沙發靠墊底下摸到一塊布料，她低下頭，發現了一件女性衣物。

「這是什麼？」

「我不知道。」馬克面露尷尬，一把將三角褲搶過去。

喬瑟芬要馬克解釋清楚，他表示不明白這東西怎麼會出現在這裡，應該是不小心滑進去的，然後很不巧又在兩人眼前重新出現。這實在是太荒謬，一笑置之就算了。

「你還在跟她往來？」喬瑟芬問。

「沒有，當然沒有。」

「為什麼你要對我說謊？」

「才沒有，我跟妳說的都是實話。」

「證明給我看啊！」

「我向妳保證，自從我們不歡而散之後，我已經有好幾個月沒跟她見面了。她有很長一段時間都住在這裡，這條內褲很可能就這樣一直藏在沙發的夾縫裡。」

「……」

「我拜託妳，不要大驚小怪的。」

馬克的口吻中帶著令人信服的堅定，但喬瑟芬還是對這樣的情況感到很不開心。過去的幽魂又現身了，而且還是在兩人討論梅開二度的時候以底褲之姿顯現，是不是該將之視為某種徵兆？馬克還在那裡喋喋不休，試著將大事化小，他把內褲扔出窗外，用一種戲劇和戲謔的手法處理掉它。喬瑟芬同意不再計較，但是今晚休想再提結婚這件事。

13

當晚，喬瑟芬無法入睡，一塊從靠墊底下翻出來的幾吋布料讓她整晚闔不了眼，腦海裡想個不停。馬克睡在她身旁，一如往常來回於鼾聲階段和無聲階段之間（他在睡夢裡有雙重人格）。在他旁邊的床頭櫃上就放著他的手機，喬瑟芬滿腦子都在想著打開那支手機，閱讀裡面的訊息。在兩人還是夫妻的時候，喬瑟芬從來沒有偷翻過馬克的私人物品，就連她有充分理由去懷疑的時候也沒有，這並不一定是出於信任，而是尊重另一半的自由。在這深夜時分，她覺得此一時彼一時，她已經五十歲了，這是個不容許做出錯誤決定的年紀。馬克想再娶她為妻，她絕不能就這樣閉著雙眼、敞開心胸直接投懷送抱。

她無聲爬起床，拿起手機，躲進浴室裡去。真是笨蛋，他當然把手機給鎖定了。喬瑟芬試了一組密碼無效，馬克也不太可能用自己的生日當密碼，她還有兩次機會。這樣千方百計想看他的訊息實在很荒謬，她比誰都了解馬克，兩人一起生活了將近三十年，生養了兩個女兒，她究竟期待發現什麼？她了解馬克的優點、缺點，有時這兩者其實是一體兩面。她讀到一篇文章說有愈來愈多的夫妻破鏡重圓，尋回舊愛然後帶著對彼此的透徹了解再次共度人生，這其實已經不是什麼新鮮事了。她不能再讓馬克辜負她，過去她已經被傷得太深。雖然不斷在對自己講道理，但是喬瑟芬仍克制不了繼續思索密碼。馬克一直很愛兩個丫頭，經常去柏林探望她們，也許他就是用兩人的出生日期湊成四個數字的密碼：15和18。

於是她試了「1518」，手機解鎖了。

喬瑟芬吃驚地張著嘴，她沒想到會這麼容易就把密碼破解。一股衝動驅策著她，原本八成只是徒勞的一試卻突然急轉直下，命運對此另有安排，眼前的一切彷彿天意顯現。她可以持續聽到浴室門外馬克如牛的鼻息，在按下「訊息」的圖示時，寶琳的名字出現在她眼前，一個她始終拒絕唸出來的名字。她對這個女人懷著巨大的恨意，但也無從衡量究竟這樣激烈的反應是否情有可原。初步的判斷如下：

馬克說謊，他還在跟她往來，而且最新的一則訊息就是今天，甚至就是今晚。

坐在浴室地板上的喬瑟芬突然覺得一陣暈眩，她還需要再進一步深掘嗎？她的不舒服很快就煙消雲散，被一股冷酷的惱怒取而代之。她把所有的訊息都讀了，數量可真多；有甜言蜜語，有很快會再見的約定，裡頭還提到了計畫進展得十分順利。這計畫，就是喬瑟芬，但到底是什麼計畫？為了什麼？她不明白，這幾乎就要把她給逼瘋了。她的呼吸竄入無法控制的路徑，身體呈現無政府狀態，她再也無法克制內在燎原的怒火。

就在這一刻，馬克敲了門：

「妳在裡面嗎？親愛的？」

「……」

「妳在幹嘛？」

「……」

「妳還好嗎？我很擔心，把門打開。」

馬克聽見喬瑟芬的喘息，像是呼吸困難。發生了什麼事？她一定是突然間身體不適。

「如果妳不開門，我就要叫救護車囉。」

「不用。」她冷冷地說。

「到底發生了什麼事？」

「……」

喬瑟芬的雙眼始終盯著手機螢幕，看著那些提到錢的訊息。突然間，一切都撥雲見日了。她全身顫抖，再也聽不見馬克的懇求聲；他要喬瑟芬開門、回答、交代自己的情況。她可以做什麼？打開門，用全身的力氣痛打他，或是不發一語地離開。她實在太難過，不認為自己有辦法跟他正面衝突。她站起來，往臉上拍了點水，然後走出浴室往擺著她物品的沙發走去。

「到底發生了什麼事？我擔心死了。」

「……」

「妳在做什麼？為什麼要穿衣服？」

「……」

「妳不想回答我？說話啊妳！」

「你自己到浴室裡去看，別煩我。」喬瑟芬回答。

馬克走進浴室，立刻看見他的手機放在地上，他掉頭衝向喬瑟芬，苦苦哀求說：

「我求求妳，原諒我，我覺得好慚愧……」

「……」

「過去這幾天，我一直想要告訴妳這件事，真的，我很想說，因為跟妳在一起一切都是那麼美好，我覺得自己好快樂。」

「閉嘴，我只求你一件事，閉上你的嘴。我這就走，我永遠都不想再見到你。」

馬克突然間抓住喬瑟芬的手臂，苦苦哀求，她用力把馬克推開，對馬克一貫的伎倆感到厭倦，整個爆發開來：

「究竟為什麼？為什麼你要這樣對我？你怎麼做得出這種事？」

「我碰上了大麻煩，身上一毛錢也沒有，全部都賠光了……然後我曉得妳會變得很有錢……」

「你想要娶我，拿走我的錢……然後再回到那個賤女人身邊？你曉得自己在說什麼嗎？」

「是我頭腦不清楚，我完全不知道該怎麼辦。對，我是不知道自己在做什麼，我……卑鄙無恥。」

「我怎麼會為了你曾經那麼痛苦？」

「……」

馬克開始哭泣。這是喬瑟芬第一次看見他流眼淚，過去從沒有任何慘事能讓他走出乾眼症的世界，但這無法改變什麼。她不發一語地離開，馬克可以待在自己可憐兮兮的世界裡腐爛。到了屋外，喬瑟芬想要攔計程車卻攔不到，她在黑夜裡步行了將近一個小時。

喬瑟芬煎熬了這些年療傷止痛，但才復合，馬克就又再殺了她一次，而這一切都是因為這本該死的小說。父親還在世的時候，幾乎從來沒有將她擁入懷裡過，結果死後還留下了這一本到處肆虐的作品。這麼多年她一直很痛苦，但好像這些還不夠，她還得再吃些苦頭才行，必須經歷一段愛情的彌留時刻，彷彿臨終的痛苦還沒有完全結束。

14

隔天早上，她等到瑪蒂爾德來到店裡，告知她自己要離開**一陣子**。

15

胡許非常專注用力地聆聽瑪蒂爾德的說法，希望可以從中留意到某個有助於調查的關鍵線索。當然，他聽到的只是這位年輕女店員所知道的部分，也就是喬瑟芬人生悲劇中的部分說法。但在最近發生的這些事當中，有個很重要的東西：皮克所寫的那封信。胡許決定開門見山地問（但他還是把它留待第二次發問）：

「然後就沒有她的消息了？」他問。

「沒有任何消息，我試著打電話給她，但都是語音信箱。」

「那信呢？」

「什麼信？」

「她父親的那封信，她也帶走了嗎？」

「沒有，那封信在保險箱裡。」

瑪蒂爾德脫口而出，完全沒想到它對尚米榭那麼重要。他距離皮克的親筆文件僅有幾尺之遙[20]。瑪蒂爾德笑咪咪地觀察這位一夜酒友。

「還好嗎？」她問。

「還好，我想我要再點一杯啤酒，沛綠雅實在太讓人沮喪了。」

瑪蒂爾德帶著笑意，她很喜歡這外貌奇特的年長男子陪伴，就算乍看之下他有點噁心，但只要湊近細看，對方其實還頗有某種魅力的（是酒精的緣故嗎？）。她覺得這個男人愈來愈迷人，舉止間總帶著大驚小怪的反應，像是個不斷發現自己活著而驚訝駭異的男人；他擁有倖存者身上才能見到的活力，對任何雞毛蒜皮都能心滿意足。

至於尚米榭，他不敢直視瑪蒂爾德，寧可把眼前的電線杆當作說話對象；比起一位年輕女子的面容，他可以更輕鬆自在地描述這根電線杆的模樣。他開始覺得這女孩很不像話地願意對他付出這些時間，但她說過：「我在這裡什麼人都不認識。」或許是因為如此，一個女孩子才會願意和他共度這一個鐘頭，他想。從前總能對答如流的他，現在卻必須字斟句酌、推敲再三，才能結結巴巴說出口。工作上的煩惱為他的自信畫下句點，但他很幸運地遇見了布麗姬。他愛她，起碼他一直認為自己愛著她，反倒是布麗姬似乎開始刻意保持距離。兩人做愛的次數不再那麼頻繁，他很懷念那段時光。也不知是什麼莫名其妙的原理使然，尚米榭愈是和瑪蒂爾德說話，就覺得自己愈靠近布麗姬，但這並不妨礙他對這名年輕女子產生慾望，不過他的心仍是屬於那位座車被刮了兩道的車主，令他獲得慰藉的布麗姬。

20. 哥倫布準備要登上美洲新大陸了。

接近午夜時，胡許總算壯起膽子要求瑪蒂爾德去把信拿來。

「我不是應該先問過喬瑟芬嗎？」

「我拜託妳，讓我看一眼……」

「這樣做……很不應該吧。」她接著說，接著開始大笑不止；面對這個關鍵時刻，當事人的血液裡卻滿是酒精。瑪蒂爾德接著說：

「好吧，我答應你，胡許先生，我答應你……但如果我惹上任何麻煩，我就說是你逼迫我的。」

「好啊，很好，有點像是暴力搶劫一樣。」

「或是用胸罩脅迫！」

「妳語無倫次啦……」

「好吧，我承認……」瑪蒂爾德邊說邊起身。

胡許觀察她的一舉一動，雖然工作了一整天又接連喝了幾杯啤酒，但她優雅和精準的步態仍令胡許感到驚豔。兩分鐘後，瑪蒂爾德拿著信回來，胡許接過信件，小心翼翼地將它打開，並立刻讀了起來。他來回讀了好幾遍才終於抬起頭。現在一切都清楚了。

16

瑪蒂爾德不想驚擾專心的胡許，他似乎完全沉浸在思緒裡，這時如水的涼夜讓他的腦袋恢復清醒。過了一會兒，瑪蒂爾德才開口問：

「所以呢？」

「……」

「你覺得呢？」

「……」

「你什麼都不肯跟我說嗎？」

「謝謝，只能說謝謝妳。」

「不客氣。」

「我可以把信留下來嗎？」胡許斗膽要求。

「不行，你這個要求真的太超過了，我不能這麼做，我很清楚這封信對她來說非常重要。」

「好吧，那讓我影印一份，妳們店裡應該有影印機吧？」

「跟你真的是沒完沒了欸！」

「還真不常有人跟我說這句話。」他笑著說。

他們其實也不清楚是從第幾杯啤酒開始決定用「你」稱呼彼此，但兩人的默契卻是如假包換的，就算當初喝的是水結局也會是如此。兩人付了帳，往內衣店走去。在午夜的暗影中，林立的假人模特兒令胡許感到害怕，他覺得就在兩人進門之前，它們其實正在交談；只要有人進門，它們就會擺出文風不動的姿態，但在大部分的時間裡，它們都在傾訴逃離這裡的渴望。在這麼重要的時刻裡，他怎麼還在胡思亂想？瑪蒂爾德剛把信件印好，他現在手邊掌握了一份複本。

17

走出店外，胡許這才想到此行的食宿安排。他沒有預訂旅館房間，便向瑪蒂爾德打聽附近是不是有旅館。

「不要太貴的。」他立刻強調。

「你可以睡我那邊，如果你願意的話……」

胡許不知該如何反應，這究竟是什麼意思？最後，他決定開車送她回家，也給自己時間考慮一下。抵達後，他對瑪蒂爾德說：

「妳不應該就這樣邀請陌生人到妳家過夜……」

「你不算是陌生人。」

「我可能是個變態狂啊，畢竟我也當了幾年的文學評論。」

「那你呢，你難道不應該小心嗎？是誰跟你說我不是專殺你這種鬱卒老頭的？」

「這倒是真的。」

兩人持續在車上嬉笑抬槓了一陣子，最後來到典型的約會尾聲，面臨要區分究竟是男歡女愛抑或是純友誼的難題。瑪蒂爾德究竟想要什麼？她只不過是受夠了一個人獨處。胡許最後決定不上樓去，但這不見得是意志力戰勝肉體的表現，而比較像是一種令他滿意的明智抉擇。過去這幾分鐘不斷反覆琢磨眼下情況，胡許卻不停想起布麗姬，他歸結出以下原因：他的這段感情尚未結束，雖然最近是有些挫折，但他不認為自己已經輸了。他愛布麗姬，或許此刻更勝以往。當然，他大可以跟著瑪蒂爾德上樓，然後也許什麼都不會發生，再說結局八成就是如此，但是知道一位這麼美麗的女子就躺在身旁，他一定會整夜都闔不了眼。不行，他最好還是待在車上，他可以睡在後座，將皮克信件的影印本收藏在身邊。總之，他必須專注在這項任務上。

18

兩人將彼此抱入懷裡好一段時間，瑪蒂爾德獨自上樓，尚米榭心想自己永遠不會再見到她了。

19

一開始，艾維．馬魯圖並沒有察覺有什麼異狀，只不過是感覺比往常更疲累一些，不過他畢竟是老了，況且業務代表是一份沒日沒夜的工作，這還不算一天比一天沉重的壓力；隨著文學書籍的數量持續增加，得使出渾身解數才能讓主推的書籍在書店架上占有優先位置，而更理想的情況是陳列在櫥窗中。對於自己負責的地區瞭若指掌，加上他耐心經營的廣泛人面，馬魯圖一直是一位備受推崇的專業人士。每一次比其他人搶先閱讀新書，並在正式印刷之前就能拿到書本加以介紹，他內心的悸動從來就不曾稍減過。在格拉塞那位年輕女編輯的激勵下，他成功傳達了出版社對皮克小說看重的程度，結果業績也實在太驚人了！小說持續締造亮眼佳績，艾維也剛收到慶功宴的邀請，內心感到十分欣慰。在書本問世初期狂抱業代大腿是司空見慣的事，但一旦書籍熱賣，就少有人會想到邀請他們參與慶功活動。不過這場慶功宴不僅為這次另類的文學行銷帶來高潮，也慰勞了辛勞的業代們。

幾個星期後，他不得不承認這股疲倦感與平日不同。有天早上起床之後，他嘔吐了，接下來的一整天都頭痛欲裂，背部疼痛也令他吃不消，而且是一種奇特的疼痛感，就像下背在灼燒一樣。這麼久以來，他第一次取消約會，因為他完全無法開車或說話。當時他人下榻在南錫的美居酒店，立刻決定去看醫生，撥了好幾個電話才終於預約到就診時段。在候診室裡，他根本無心翻閱散落在桌上的過期雜誌，他現在唯一關心的是消除疼痛的方式。從早上開始他什麼東西都沒吃，可是卻一直想要嘔吐；他的身體不停打顫，可是他卻覺得熱。他簡直搞不懂是什麼情況，所有感覺陷入全面的無政府狀態，像是自己的肢體已經成為兩隊人馬一決勝負的戰場。他漸漸失去對時間的認知，他在這裡已經等了有幾分鐘了？

終於，有人請他進入診間。醫生膚色蠟黃，一副病入膏肓的模樣，有誰願意給一個瀕死之人救治？對方心不在焉地問了幾個問題，都是關於病歷和家族病史的基本問題。對於總算有人傾聽，馬魯圖感到放心，應該很快就可以知道他究竟生了什麼病；只要服用幾粒藥丸和稍加休息，他很快就可以回到工作崗位。他打算立刻去拜訪「圖書大廳」這間他很重視的書店，因為店家出於對他的信任一口氣直接訂了一百本皮克的小說。

「可以請您咳嗽嗎？」醫生要求。

「我沒辦法，我覺得不太舒服。」他低聲說。

「的確，您好像呼吸困難。」

「您覺得是什麼問題？」

「您必須接受進一步的檢查。」

「我可以過幾天再做嗎？等我回到巴黎之後？」馬魯圖問道。

「呃……早一點做會比較好……」醫生語帶為難地表示。

幾個小時之後，馬魯圖人在南錫大學附設醫院裡，裸著上身躺在一塊冰冷的板子上；這是一系列檢查的第一步，之後還會有其他項目。這不是個好預兆。多名醫生一直表示要**確認診斷結果**，如果沒有什麼大礙，通常馬上就能知道結果。確認，就是要確認嚴重的程度。其實也無需拐彎抹角，醫生臉上的表情他全部看在眼裡。最後院方詢問他是否想知道真相，能說不嗎？「不想，我接受了檢查，但什麼都不要告訴我。」他當然想知道，反倒是他面前的男子似乎不想開口；人之所以成為醫生，肯定不會是因為很享受對人宣布即將到來的死訊。

「還有多久？」他問。

「沒多久……」

這是什麼意思，**沒多久**？一天、一個星期、一年？對他來說，**沒多久**可是好幾個月，不過到頭來也改變不了什麼；醫生宣判了他的死期。他比往常更思念自己的太太，她在三十四歲的時候死於癌症，當時兩人正嘗試擁有一個孩子。在工作場合裡，沒有人知道這件事。馬魯圖過著業務代表四處漂泊的生活，是因為他下定決心不再和任何人談感情。二十年後，在似曾相識的相同場景中，他彷彿又見到了過世的妻子，只是有一點很不一樣：這一次他是獨自一人面對恐懼。當時，他有機會握著妻子的手，夫妻情深直到後者嚥下最後一口氣。他從來沒有忘記兩人愛情故事的彌留時刻，出奇平靜祥和的最後幾個小時，剩下最要緊的就是一名男子伴隨病妻赴死的深情。她是否在另一個世界等他？他不相信，她的肉身早就已經腐化，就像他自己的身體也即將步入她的後塵。

20

格拉塞舉辦慶功宴當天，馬魯圖打起精神前往，能夠跟朋友和同事聚在一起，他一定會覺得舒坦多了。他得強迫自己活下去，誰曉得呢？也許這樣他就可以祛除疾患，像是很多成功痊癒的例子一樣。但他並沒有堅持下去的力氣，只能孤零零地往生命盡頭走去，祈求過程不會那麼痛苦。

疲累的他選擇到大廳最後面坐下，與人群保持一小段距離。經過吧檯時，他順便跟女服務生要了一杯威士忌。慶功宴此時就像接近尾聲的婚禮，才不過晚上八點，所有人都已經帶著醉意。一名半醉男子走到坐在角落的馬魯圖身邊。

「您好，我可以坐這裡嗎？」

「當然可以。」馬魯圖回答。

「胡許。」對方立刻報上大名。

「啊，我沒認出您，我記得您寫的文章。」

「您希望我到別的地方去坐嗎？」

「不，完全沒必要。馬魯圖，艾維．馬魯圖，幸會。」

「幸會。」胡許接著說。

兩個男人握手致意，兩隻軟綿的手賦予這一握相當於神經衰弱委靡之人的力道。

兩人對彼此都喝威士忌這個共同點簡單聊了幾句。

「那您呢？」胡許問，「您是做什麼的？」

「我在格拉塞做事，是業務代表，負責法國東部。」

「那應該很有意思。」

「我很快就要離開了。」

「是嗎？您準備退休了？」

「不是，我快死了。」

「……」

胡許頓時面無血色，支吾著說他很抱歉。馬魯圖接著說：

「不好意思，我不知道為什麼要告訴您這件事，其實其他人都不知情，我沒跟他們提起，結果突然間脫口而出，剛好被您給聽到。」

「不用不好意思，會說出口肯定是……因為這很重要。我就在這裡，如果您想要……只是我自己的情況也好不到哪去。」

「怎麼說？」

「算了，這太荒謬了，您才跟我說您要死了，結果我還準備跟您大吐苦水。」

「請說吧。」馬魯圖堅持。

胡許覺得眼下情況實在太離奇，他要分享自己的煩惱來娛樂一位將死之人。過去這幾天，他的人生出現了令人匪夷所思的轉折，讓他覺得自己就像是小說中的人物。

「是我老婆。」胡許才開口又噤聲了。

「您老婆怎麼了？」

「其實是我叫慣了，我們沒有結婚。」

「所以呢？」馬魯圖面露不耐。

「她剛剛離開了我。」

「這一次換我感到抱歉。你們在一起很久了嗎？」

「三年，過程並不是都很順利，但我想我是愛她的。我其實也不敢確定，只是我一直很珍惜她、珍惜我們的感情，一直堅持到現在。」

「希望我不會太多事，她為什麼決定要離開你？」

「因為她的車。」

21

這種交代事情始末的方式有些籠統，但並不能算錯。在富豪車上睡了一夜之後，胡許決定返回巴黎，到手的信已經足夠他進行調查，至少在現階段是如此，這是個重大線索。回程途中，他回想和瑪蒂爾德共度的夜晚，覺得很開心。但他事後想起來，還是覺得有必要提防這些開心的時刻，彷彿承認樂極馬上就會生悲。

到家後，他幾乎整個下午都在休息，然後去沖了澡，等著布麗姬過來。她進門之後，胡許立刻跟她分享自己的重大發現，但她卻顯得興趣缺缺。胡許頓時覺得有些心酸，他一直夢想能和布麗姬共築一塊有所交集的默契之地，找到一個能夠讓兩人滔滔不絕的話題，但他卻是一個人獨自面對這個匿名作者的故事。布麗姬選擇質問他：

「這一趟車子都還好嗎？」

「……」

「為什麼不回答我？」

「不為什麼。」

「發生了什麼事？」

「沒事，幾乎算是沒事。」

「你把車停在哪裡？」

兩人下樓，一前一後地走著，充滿處刑的肅殺之氣。一見到車子模樣，布麗姬簡直嚇壞了。沒什麼大不了的，很容易就可以修好，尚米榭辯解說。如果是在其他情況下，這件小意外或許就沒那麼嚴重，只是兩人最近的相處愈來愈乏善可陳，布麗姬把這件事看作是種徵兆；她出於信任出借車子，卻換來如此下場。布麗姬聚焦在那兩道刮痕上，盯著看了好一會兒，彷彿整個車身代表的是她的心。突然間，她對沒能如自己所願地被愛著，感到疲憊極了。

「我想我們還是分開吧。」

「什麼？只是因為一道刮痕，妳就要離開我？」

「是兩道。」

「隨便。哪有人這樣就分手的？」

「我離開你是因為我不再愛你了。」

「如果我當初搭火車，我們還會在一起嗎？」

「……」

昨晚跟瑪蒂爾德共度晚間時光之後，胡許才明白自己對布麗姬的愛，但太遲了，她已經承受了太多的失望。此刻，兩人正在經歷他們愛情的彌留時刻。尚米榭仍固執於一切都會相安無事的天真想法，但布麗姬的眼神卻沒有留下任何容許懷疑的餘地；乞討一段愛情緩刑也無濟於事，都結束了。他感受到體內有一股強烈的灼燒感，連他自己也嚇了一跳；一連串的打擊已經令他乾涸，他不認為自己的心還有辦法流出血來。

22

聽了胡許的陳述之後，馬魯圖同意這是個難以接受的分手理由，但是胡許仍為布麗姬找藉口開脫，強調在他有充分理由一蹶不振的時候，是她拉了他一把，他沒有辦法責怪她。語畢，兩人又喝了一杯威士忌，接著聊到了皮克。

「所以您在調查這件事？」馬魯圖問。

「是的。」

「您覺得小說不是他寫的？」

「我沒覺得，我就是知道。」胡許放低音量，像是他剛剛揭露了一件會危及全球地緣政治平衡的國安事件。

兩個男人愈是感受到晚宴的歡欣氣氛，就愈想歪賴在沙發椅上；總有些時刻，旁人的歡樂只會徒增自己的心慌。一名女子走過兩人身旁：

「你們兩個讓我想起電影《愛與罪》片尾的伍迪．艾倫和馬丁．藍道。」

「哦，謝謝。」胡許回應，但不清楚這算不算讚美，他記不得電影內容；至於馬魯圖，他很清楚自己沒看過這部片，比起看電影他更喜歡看書。但是他喜歡什麼還有那麼重要嗎？所有他曾經讀過、愛過、力推過的書籍，現在都是一堆無法理解的文字團塊，他覺得再也沒有剩下任何動人之處，就連他的人生在他眼中都是一個可笑的玩意兒。

「我再去端兩杯威士忌過來。」胡許說。

「好主意……」這位一夜酒伴回應道，但卻聽不見自己的聲音。馬魯圖感受到體內混亂失序的震動，一股轟鳴聲讓他無法識別思緒以外的事物。格拉塞出版社社長奧利維．諾拉正在致詞，感謝同仁們的辛勞，特別是黛兒芬．戴斯佩羅。馬魯圖認出了這位年輕女編輯；她對於自己成為全場焦點似乎有些害怕，所有人都在打量她。這似乎是她第一次失去往常的自信，不過卻反而讓她更平易近人也更令人動容。社長請她說幾句話，她應該是有備而來，但說起話來仍有些磕絆。大家都在看著她，包括親友在內。她的父母在現場，當然還有掛著一抹燦笑的費德里克，唯一缺席這場文學慶功的是作者的家屬代表；本應扮演這個角色的喬瑟芬並沒有出席，試了幾次都聯絡不上她。

雖然距離前台有些距離，加上視力有些迷茫，馬魯圖仍把一切看在眼裡，他覺得黛兒芬像是個撐不起一襲大衣衫的少女。他突然站了起來，踩著激動的步伐向她走去，根本沒聽見胡許問他要上哪去。幾雙眼睛紛紛飄向這位大動作撥開人群的男子，他一把將黛兒芬的麥克風搶過來，好說出以下這些話：「夠了，有完沒完！大家都知道這本書不是皮克寫的！」

VIII

隔天，這驚天一舉引發媒體競相報導，同時也在社群媒體之間瘋傳。四面八方的陰謀論者喜出望外，質疑官方說法實在很吸引人。格拉塞出版社社長認為一點點小爭議對於持續推升小說銷量不失為一件好事，但卻也斷然否認《一段愛情故事的彌留時刻》可能出自他人之手的說法。小說家費德利克·貝格岱逮住機會寫了一則專欄〈皮克，就是我！〉，畢竟這本小說是由他隸屬的出版社發行，而且他也是熟知俄羅斯的專家（他其中一本小說的情節就發生在當地），對普希金應該耳熟能詳；總而言之，他非常可疑。持續好幾天，各家記者到處追著他跑，他索性趁勢宣布自己的小說新作即將出版。這果真是效益驚人的行銷高招，如此一來，基本上沒人會對這則書訊視而不見，包括它的書名在內：《友情（也）持續三天》。

當然，皮克的小說不是他所寫，而且也沒有證據支持馬魯圖在慶功宴上的辛辣發言。有人說他當晚整個喝茫，受到記者尚米榭·胡許的影響，熱議的焦點於是轉移到後者身上。有傳言指出他知道整件事的真相，但對於要他說明證據何來的邀約，胡許一概加以拒絕。還真是諷刺，在成為巴黎避之唯恐不及的人物之後，他又成了各方矚目的焦點。從前拒接他電話的人宛如福至心靈，紛紛重拾想見他的渴望。但起初令人陶醉的片刻很快就轉變為對這場鬧劇的厭倦，胡許決定封口。他手中握有皮克的信，而且很可能是後者唯一寫過的一封信，他絕對不會輕易就滿足了這一群窮追的餓鬼。

這不只是關乎一雪前恥，就算他胸有成竹，也不希望在能夠全盤托出之前就先走漏風聲。這是他的案子，如果他想要有始有終查到最後，今後就應該低調行事。馬魯圖的驚人之語明顯把事情弄得更棘手，他開始對隱身在皮克身後的作家身分有了頭緒，但他不會向任何人透露，就算是個即將不久於人世的酒鬼也一樣。他可以放心吐露一切的對象是布麗姬，但她已經不在他身旁聆聽。自從兩人分手後，她就不再接胡許的電話，後者在她的語音信箱裡留下五花八門的留言，從幽默到絕望用盡各式各樣的語氣，但都不見任何效果。每次漫步街頭，他就會特別留意富豪汽車，這是他除了皮克之外的第二項偏執。每看到一輛，他就會即刻詳加檢查車身狀況，但是從沒有一輛是被刮傷的。他得出的結論是：除了他之外，每個人都被愛著。

2

胡許這一次改搭火車，他一向喜歡這種適合閱讀的運輸方式。上一次他為什麼不坐火車呢？我們可以忘情尋思而不會弄壞車輛，而且對胡許來說，他也總算可以趕一趕波拉尼奧小說的進度。這是一次特別的閱讀經驗，雖然他是日耳曼文學專家，但《2666》中高燒似的敘事風格，還有多本著作在如此浩瀚的創作計畫中彼此交纏錯節，都令胡許感到十分著迷。多則故事在敘事的迷宮裡糾結，胡許在腦袋裡將之區分為兩支隊伍：一隊是賈西亞．馬奎斯、波赫士、波拉尼奧，對上卡夫卡、曼、穆齊爾這一隊；夾在他們中間的，是來回擺盪於兩個世界而胡許將之視為裁判的男子：貢布羅維奇。胡許任憑自己沉醉在這場文學角力中，看著文字句讀重新建構橫跨百年的故事。

突然間，一切似乎都言之成理了，畢竟他要前往的是一間圖書館。

他為什麼不寫小說？坦白說，他也試過好幾次，但都是一頁又一頁徒勞的嘗試，到後來，他開始評論別人的作品，而且通常都不留情面，所以就算他和所讀的作家一樣平庸至極，想出版小說也等於是癡心妄想。在展讀某些作品的時候，他仍持續問自己：我難道寫不出來嗎？經歷過這好長一段交雜著抱負和挫折的心路歷程之後，胡許才終於徹底放棄。誠實看待自己沒有寫作的才能幾乎是種解脫，過去他一直活在一事無成的沉重氣氛裡，覺得自己有些缺憾，也或許因為如此這間退稿圖書館才令他感慨萬端；對於死心這件事，他完全能感同身受。

3

當天克羅宗的雨勢瓢潑，什麼都看不見，說是身處在其他地方也說得過去。

4

胡許沒錢搭計程車，只好在車站裡等雨停；他就坐在三明治攤旁，被人多瞟了幾眼，有些路人還以為他在乞討，但他自己沒有察覺。這都要怪他身上那件多處磨損的防雨大衣，但胡許覺得穿上它很自在，讓他看起來像是本未完成的小說。他其實有機會把它換掉，布麗姬也曾多次提議去採購新衣[21]，表示現在是折扣季，但仍無法說動他。胡許寧可與身上這件奄奄一息的衣料共存亡。

現在，布麗姬離開了他，但他還是穿著同一件大衣。這個想法令他感到揪心。從擁有這件大衣開始，他認識了多少女人？他清楚記得每個時刻，一件衣裳就足以映照出他最近幾年的感情生活。將它掛在巴黎時髦酒館的衣帽架上，他就能回想和茱絲婷共度的時光；在他和伊莎貝爾的愛爾蘭之旅中，大衣稱職為他抵禦強風；最後它也見證了他和布麗姬的爭吵。在他沉浸在和大衣共享的回憶裡時，天氣已經放晴，克羅宗的雨停了。

5

步行就可以抵達圖書館，胡許一邊走一邊思索這個引領他前來此地的故事。他對退稿圖書館這個古怪計畫的緣起做了調查，並掌握到關於尚皮耶·顧維克的幾條線索，同時他也讀了理查德·布勞提根的《墮胎》。胡許原則上不太喜歡美國文學，除了唯一獲得他赦免的菲利普·羅斯之外。當他還是週刊專欄主筆時，曾對布萊特·伊斯頓·艾利斯大開殺戒，認為他是「本世紀最過譽的作家」。自己怎麼會

21. 購物可說是他最討厭的人類活動，可與從事任何運動相提並論。光是想到要走進Zara或H＆M的店門裡就足以令他抓狂，這都要怪裡頭播放的音樂。

傻到寫下這些蠢話，盡用一些譁眾取寵的肯定句來自抬身價，他現在很懊悔；他並沒有改變自己的看法，只是不認同自己的表達方式。有時他會想重新寫過這些評論，原來胡許就是這副模樣，一個最好的一面總是遲來的男人，就連他的人際關係也是如此。從前來不及對布麗姬傾訴的話語，現在成了他留給自己的自言自語，但在步行前往圖書館的途中，他總算有種與當下同步的感受；他在對的時間來到了對的地方。

然而，他的篤定卻受到挑戰，在興奮情緒和現實樣態之中總是存在著時間差；換句話說，圖書館沒開。門上貼著一張字條：

本人暫時離開幾天，

敬請見諒。

克羅宗市立圖書館負責人

瑪嘉麗．克魯茲

這完全和喬瑟芬的情形一樣。從展開調查開始，每一次胡許打算和一位女子見面，對方就會在他抵達之前消失。這難道是種徵兆？是因為他的緣故嗎？也許是她們彼此通風報信來刻意避開他，加上布麗姬甩了他這件事，對一個男人來說打擊實在太大了。該怎麼辦？他一定得見到瑪嘉麗才行，從她口中打聽清楚這本所謂皮克所寫的小說是如何被找到的。另外，他也很想進一步認識尚皮耶・顧維克這號人物，胡許深信必須深入挖掘這個男人的過去。

6

現在，他必須想辦法解讀「幾天」是什麼意思，這是個和喬瑟芬的「一陣子」相似的共同點，都是不太精確的說法。他出入周邊店家，從魚鋪到文具店，試著打聽瑪嘉麗回來的消息，但沒人知道。她就這樣突然離開，留下一張謎團重重的字條。每個人都對胡許表示她是個稱職的女性，全心投入讓圖書館得以運作下去。根據這些說法，她不像是個會說走就走的人。

胡許在洗衣店遇到一位身形瘦長如傑克梅蒂雕塑作品的高䠷女子，對方建議他：

「您或許應該去問問看市政廳。」

「您覺得他們會知道她什麼時候回來？」

「圖書館是市政府所有，她的老闆就是市長，她一定有事先知會，而且其實我也滿好奇的，她送洗了一件粉紅色套裝，我想知道她什麼時候會回來取走。如果您見到她，麻煩請轉告她一聲。」

「太好了，我一定會的……」

胡許帶著要給瑪嘉麗的口信走出店外，但如果真的找到瑪嘉麗，這八成不會是胡許告訴她的第一件事。雖說他的事業已經一蹶不振，但做一個為洗衣店傳話的跑腿……而且還是一襲粉紅色的套裝。

7

市政廳一位五十來歲的女秘書向胡許表示瑪嘉麗離開時並沒有告知回來的日期。

「您不覺得這令人擔心嗎？」

「不會啊，她好多假都沒放，不瞞您說，這裡大家都彼此認識。」

「這是什麼意思？」

「我們是在信任彼此的氣氛下工作，她沒告知市長就離開，我並不感到驚訝。她的工作表現一直很出色，完全有權利喘息一下。」

「但是她之前曾經這樣不告而別嗎？」

「沒有吧，至少我不記得有。」

「冒昧請問一下，您在市政廳工作很久了嗎？」胡許問。

「我一直在這裡工作，從十八歲實習開始，現在我還在這裡，我不會透露我的年紀，但總之真的很久。」

「我可以問您另一個問題嗎？」

「好啊。」

「您認識亨利．皮克嗎？」

「馬馬虎虎，我跟他太太比較熟，之前市政府想為她辦一個小酒會，但是她拒絕了。」

「什麼的酒會？」

「關於她先生的故事，就是他的小說啊，您沒聽說過嗎？」

「有啊，當然有。那您的看法是什麼？」

「什麼的看法？」

「對於這件事的看法啊？關於亨利．皮克所寫的小說。」

「我覺得這是個效益驚人的廣告宣傳，許多好奇的遊客都會過來我們這裡，這對商家來說是個好消息，道理很簡單，如果是委託公關公司來行銷城市，效果也可能不會這麼好。至於圖書館，我們自己會想辦法，我這裡有位女實習生可以代班，千萬不能讓這些新來的遊客敗興而歸。」

胡許沉默半晌，一邊打量眼前的婦人。她充滿活力，出自她嘴裡的每個回答都像是從一架文字投石器發射出來的炮彈，我們可以感覺她已經準備好使出毫無衰減的精力，來回答各式各樣的問題。她剛剛提到很關鍵的一點，胡許非常同意克羅宗從沒像現在一樣如此炙手可熱，也許這個發掘書稿的故事不過是一位布列塔尼行銷天才的陰謀算計。胡許突然開口問：

「那尚皮耶．顧維克，您認識他嗎？」

「為什麼要問我這個問題？」女秘書很不客氣地反問，態度和兩人剛開始的對談截然不同。

「就只是想要知道一下，畢竟是他引進了這個退稿圖書館的構想。」

「哦是啊，構想這東西他可多著呢，但之後……」

「您想要說什麼？」

「沒事，如果不介意的話，我還有工作要做。」

「好。」胡許回答，也並不堅持。這名婦人和顧維克之間顯然有什麼過節，才提到這位圖書館員的名字，她就脹紅了一張臉。繼瑪嘉麗的粉紅色套裝之後，胡許的調查工作明顯呈現出在相同色階中的不同色調變化。他熱情謝過對方的幫忙然後悄悄走人。

今天的調查工作應該不會有太多進展，他得另做打算才行。但他還能做什麼？到某處喝啤酒，這當然是種可能性，但卻不是最具建設性的一種。這時他想到還有件更適合的事：直接去拜訪亨利．皮克，到墓園去。

8

瑪嘉麗的確不是那種說走就走、不告而別的人，原則上她不是那種心血來潮就做這做那的人；她的人生就是一連串的規畫安排。

幾天前的那個晚上，在開車回家途中，她不得不把車停下來好幾次，停下來確認剛才發生的一切都是真的。她無法釐清思緒（我們甚至可以說簡直是一團混亂），但她只要深呼吸就能感受一股陌生的體味襲來，屬於傑瑞米的體味。現實停留在她的肌膚上，執拗得不肯散去，這是她沒在作夢的肉體證據。一名年輕男子天真、唐突地想要占有她，她問自己為什麼還要朝前方駛去，將這幸福美地拋諸身後。有好幾次，她想就此掉頭回去，就算這路段標示著禁止迴轉的白線。那又怎樣？光是一條可沒辦法阻止她回頭。話雖如此，她還是繼續往自己的家駛去，而這條路就和她反覆的態度一樣漫長又曲折。

瑪嘉麗的丈夫之前撥了好幾通電話，因為一直沒見她回家感到擔心，但她卻推託在清點圖書。她老公甚至沒想到瑪嘉麗都是在圖書館日間休息時清點圖書；無論是誰，只要對她有那麼一點點關心，很容易就能猜到她在說謊。但是她為什麼要撒謊？克羅宗這裡沒有人說謊，也沒有那個必要。那麼丈夫之所以擔心，是因為瑪嘉麗當晚沒有準時回家，就是這樣，沒有別的原因。

返家途中，瑪嘉麗已經準備好交代事情的原委，也許老公會注意到她頭髮散亂、模樣狼狽，還有肉體歡愛之後的餘波蕩漾？是啊，裘瑟一定會明白事情的真相，因為任誰都看得出來，如此有目共睹，而她卻沒有任何本事去掩飾真相。但其實當天晚上跟平常有些不太一樣，她先生惶惶不安的態度讓她有些意外，瑪嘉麗一直以為她至少得消失個兩三天，丈夫才會發覺她不在身邊。有時兩夫妻可以好幾個晚上不吭一聲，就算偶爾需要打破靜默，也只是說些實際的小事，好比說明天該輪到誰去買菜。必須說瑪嘉麗錯了，裘瑟打電話是想關心她在做什麼。那她究竟求的是什麼？也許她寧可丈夫對自己漠不關心，寧可他不要來電妨礙她享受歡愉。

這歡愉始終在她腦海中揮之不去，令人暈頭轉向。傑瑞米要她隔天早上前來，「用她的嘴」喚醒他，這句話縈繞在她心頭，但有八成的瑪嘉麗認為他明天不會在那裡。他雖這麼說，但事實卻不是那麼回事。他會離去，他會回家，或是正在脅另一位跟她同類型的女子，這應該不太難找；到處都有像她一樣的女人，受不了再也沒人碰的女人，一些覺得自己又胖又醜的女人。想必傑瑞米一定到處在身後留下難以磨滅的回憶，這是屬於他的流芳百世，畢竟沒人想要出版他的作品。沒錯，可以確定他不會在那裡。一想到自己竟癡心妄想會有不同結局，她笑了出來。

回到家之後，瑪嘉麗無聲穿過客廳，驚訝地發現所有的燈都已經關上，根本不見所謂心焦的男人。她輕手輕腳走近臥房，發現她的丈夫正張著大嘴，墜入深不見底的睡眠深淵。

9

瑪嘉麗幾乎大半夜都沒闔眼，隔天一大早就出門，之前還在浴室裡花了一個鐘頭。她根本無需為自己辯解，她在家裡的這段時間丈夫從沒醒來過。無論如何，他會開心地起床，因為咖啡是熱的，早餐餐具也已經擺放妥當。

她在天剛亮的時候打開圖書館大門，四下寂靜無聲，彷彿書本也在沉眠。她穿越書架往辦公室去，她的心跳有了新的節奏，一種前所未有的韻律。她大可以快步走去，急急奔往她即將目睹的真相，但她很享受這種等候的時光；幾公尺、幾秒鐘，一切都還有轉圜的餘地。傑瑞米可能還在那裡，正在沉睡、正在等待被她的嘴喚醒。她輕輕打開門，發現那年輕男子仰躺在地，沉浸在如同瑞士湖面的夢鄉裡。她關上門，接著再把門打開，像是在確定自己沒有老眼昏花。這時她往前靠近，好就近把他看清。昨晚，她沒有膽子凝視他，而且經常在四目交接的時候轉移自己的目光；現在，她可以好好把他看仔細，打量他身體的每個細節，忘情耽溺於他的美。所以該用嘴將他喚醒，他期待的是親吻嗎？她開始輕輕地吻他，胸膛、腹部，然後他開始呻吟，將一隻手按壓在她頭上，撫弄片刻她的髮，接著將她的頭再往下推幾吋。

稍晚，瑪嘉麗煮了咖啡端給傑瑞米，後者走到辦公桌後坐下。昨夜他應該逛了一下圖書館，因為一小落書籍就堆在他身邊，瑪嘉麗注意到裡頭有卡夫卡、凱魯亞克、昆德拉，猜想他只停留在字母K的那一區，在《達摩流浪者》和《審判》之間猶豫，最後才終於選了《可笑的愛》。瑪嘉麗仔細看了他一會兒，問道：

「肚子餓嗎？要不要我去買可頌？」
「不用了，謝謝，這裡什麼都有。」他指著書回答。
她留下傑瑞米一人，前去打開圖書館的大門。今天館內沒有什麼民眾，瑪嘉麗有很多機會可以去看傑瑞米。有時，他會要瑪嘉麗走近，然後將手伸進她的雙腿之間，瑪嘉麗不發一語地任憑擺布。接下來會怎麼樣？他想要的是什麼？他還會在這裡多久？瑪嘉麗真希望能夠放手享受這瘋狂卻做不到，雪崩般的問號淹沒她的思緒。傑瑞米似乎不像是昨晚那個痛苦的邊緣人，今天的他看起來就像是個享樂之人，享受生命賜予的禮物。傍晚時分，瑪嘉麗去買了一瓶葡萄酒和簡單的晚餐，兩人直接席地而坐，談興比昨晚更加高昂。傑瑞米提到他和父母之間相處的難題，尤其是和他的母親。他曾是寄宿生，後來被安排住進寄宿家庭，到現在已經將近五年沒見到父母了。「他們可能已經死了。」他低聲說，接著才承認這個可能性極低，因為應該會有人來通知他。這個想法讓瑪嘉麗愣住了，每次見到在超市門口乞討的年輕人，她總認為是家中親子關係出了問題，才會導致這些人流落街頭。她想起自己的兒子，覺得和他們相處的機會實在太少，也許對他們表示的關懷也不夠多。
瑪嘉麗受到傑瑞米的激勵，也開口提起自己的雙親。兩人很久之前就已經過世，她從來不提他們，也沒有人向她問及童年的事情。她頓時覺得情緒翻湧。多年來她如常過日，從沒問過自己想念或不想念的是什麼，突然間她明白母親沒能在身邊一直令她很痛苦。過去她一直以為親人過世就是所謂的生命歷程，但現在她明白就算是最尋常的人世悲歡，也不代表我們不能對死亡心懷怨懟，而且可能從此再也無法走出來。

她描述內心的巨大失落，甚至交代自己放任體重增加的原因。傑瑞米體會到她的不安，伸出手安撫她。

10

接下來幾天都在相同的氣氛中度過。瑪嘉麗來回遊走在激情點燃的歡愉時刻，以及對自身遭遇感到驚慌失措的時刻。她刻意迴避丈夫，這並不太困難，裘瑟最近因為雷諾車廠頒布的新班表而感到特別疲累。現在他上的是全職班，為了保全法國境內的工廠，必須付出雙倍努力，宣誓專業技術無法被廉價勞力給取代。競爭激烈的結果造成勞工更進一步遭到剝削，無論是想保住飯碗或是渴望找到工作，結果都一樣；無論哪一方都是輸家。裘瑟等待提前退休的解脫，讓自己總算可以享受人生，說穿了就是去釣魚，走遍海岸風光，也許老婆偶爾可以跟他同行，他們有好久沒一起閒散共度兩人時光，就這樣漫無目的地走走逛逛，嘗試探索未知的地方。

傑瑞米一直睡在辦公室裡，瑪嘉麗只為他準備了一條毛毯，因陋就簡的環境似乎沒造成他任何不便，瑪嘉麗不敢問他打算待多久。有天傑瑞米只表示：

「我必須回家了。」

「什麼時候？」

「明天。」

「……」

「有一班前往巴黎的火車，我應該會在巴黎先住一晚，星期天再啟程回里昂。有朋友幫我找了個兼職的工作，我沒辦法拒絕，妳懂嗎？」

「我懂。」

「我在里昂有個頂樓的小房間，空間不大，但坦白說還過得去，妳可以過來住。」

「過去……跟你一起嗎？」

「是啊，有什麼不方便嗎？」

「就是……都很不方便。」

「妳不想跟我在一起嗎？」

「想啊，當然想，問題不是這個，而是……工作的關係……」

「妳就說妳要請病假，把圖書館關了。依妳的經歷，我很確定到了里昂妳一定可以找到事做。」

「那我先生怎麼辦？」

「妳不愛他了，小孩也大了，我們在里昂會很幸福。妳我之間有某種情愫，是命運要我來這裡存放書稿然後遇見妳，從來沒有人對我這麼好過。」

「可是我沒有特別做什麼事。」

「這是我人生中最美好的一個星期，躺在這裡和書本為伍，而妳會不時來看我。我喜歡跟妳做愛，難道妳不喜歡嗎？」

「我……喜歡啊。」

「那猶豫什麼？我們明天就走。」

「可是……這一切來得那麼突然。」

「那又怎麼樣？妳不來會後悔的。」

瑪嘉麗必須讓自己坐下來。傑瑞米平靜地說著，彷彿一切都很簡單、都很理所當然，但對瑪嘉麗來說，這可是一場人生革命。她心想：他說得沒錯，就此拋下一切，什麼都不要多想。很明顯，我不能沒有這個男人，如果沒有他的肉體、他的吻、他的美我活不下去。一旦他離開我身邊，我就無法再繼續我的人生。沒錯，傑瑞米說得對，我不愛我老公了，起碼和他在一起的時候，我不會再過問自己對他的感情，這是既成的事實，不容否定直到死了為止。而傑瑞米的提議讓我能夠規避等在前方的死亡，他給予窒息的我一線生機。我在書本之間無法呼吸，它們令我喘不過氣。這些觸目所及的故事讓我無法擁有屬於我自己的故事，多年來的這些語言文字，這些小說令我厭倦，讀者讓我疲憊不堪，還有那些一事無成的作家。我受夠了這些書，多希望我能逃離這些書架構成的牢籠。冷靜，瑪嘉麗，冷靜，每個人都一定會經歷這些質疑的時刻，每個人都會厭倦自己的人生、自己的工作，但是我愛過這些書、愛過袞瑟，如果我誠實以對，我一定還愛著他，我不忍心丟下他，讓他孤零零的一個。可是我們之間已經沒有什麼東西可以分享，他成為一種存在，一種恆常的存在，毫無破綻、毫無知覺。我們之間的過往和回憶將我們繫在一起，也許這才是最要緊的，擁有回憶來證明愛情曾經存在過，而我們的兒子就是活生生的證據。孩子們遠離身邊，過去我曾是他們的一切，但現在只是匆匆的幾通電話，技術性的關懷，道早安就像在說晚安。他們一定會對我的離去有所反應：其中一個可能會說這是我的人生，另一個則會說我如此對待爸爸簡直失心瘋。但其實我從來不在乎他們過著怎樣的人生，也從不評斷他們的選擇，所以現在請尊重我的自由，試著追求幸福的自由。

11

瑪嘉麗再一次無法深眠，她想著亨利・皮克的小說，覺得它和她自己的故事有著驚人的呼應之處。她將與誰共度自己的彌留時刻？是傑瑞米或裘瑟？夜裡，她注視自己的丈夫，就像在假期的最後一天凝視一片風景，必須把一切都記下來。他睡得深沉，全然未覺感情危機就在咫尺徘徊。此刻千頭萬緒，瑪嘉麗明白一件事：她無法再像從前一樣繼續她的人生。

隔天，她沒有叫醒丈夫就離家。當天是星期六，裘瑟不用上班，至少會睡到中午。當瑪嘉麗走進圖書館，傑瑞米問起她的決定，她以為自己還有幾秒鐘可以思考，其實沒有，現在就得往懸崖縱身一跳。

「中午過後我會回家一趟……」她開口卻沒辦法繼續說下去。

「嗯，然後呢？」

「我回家收拾東西，然後我們一起離開。」

「太好了。」傑瑞米往她走去。

「等等，等等，讓我說完。」瑪嘉麗揚起手作勢命令他退後。
「好。」
「我查了公車時刻，往坎佩爾的班車是下午三點，我們接著搭下午五點十二分的火車前往巴黎。」
「妳什麼都規畫好了，真感人。」
「……」
「我們為什麼不開妳的車走？這樣比較方便。」
「我不能這麼做，我老公的車壞了好幾個月，原本應該買一台新的，可是太貴。他現在都是同事開車來家裡接他一起去工廠。總之，你知道……我不能離開他然後又把車給開走。」
「對，妳說得對。」
「……」
「我現在可以把妳抱入懷中了嗎？」這時傑瑞米開口問。

12

瑪嘉麗整個上午都在逼迫自己**佯裝沒事地**如常工作；她向來很喜歡這種避重

就輕的說法，粉飾此刻她正面臨一個重大決定的深淵。有好幾次，她前去關心傑瑞米，後者似乎沉浸在思緒中[22]，應該是在構思從來無人賞識的小說創作；鏡花水月撫慰了多少人的人生。她暗中觀察，內心深處告訴自己跟他遠走高飛簡直是失心瘋，畢竟她才剛認識這個人。無所謂了，她經歷的不過是人生難得幾回的罕有時刻，後果不再重要，唯有君臨一切的當下能夠決定人生。她跟他在一起感覺很自在，就是這樣，不應該試著釐清她體內究竟發生了什麼事。字詞在這種情況下根本無用武之地，她可以從圍繞身邊的數千本書中取下任何一本，但絕對無法從中找到支配自己行為的解答。

近中午，圖書館人潮散去，她告訴傑瑞米：

「我要鎖門了，你現在最好先到公車站去，等一下我會帶著行李跟你會合。」

「很好，我可以拿幾本書嗎？」他輕率說著，似乎沒體會到這次遠走高飛對瑪嘉麗的人生有多重要。

「可以啊，當然，你可以愛拿什麼就拿什麼。」

「就兩三本小說而已，如果不開車的話，我不想大包小包的。」

他整理好自己的東西，拿了三本書，跟瑪嘉麗一起離開圖書館。因為擔心被人看見，兩人在約定好的距離分開，甚至沒有親吻對方。

13

瑪嘉麗直接往臥房走去，裘瑟還在睡，看來他真的累壞了。她在床緣坐了一會兒，我們幾乎以為她就要叫醒他，以為她會把一切都告訴他。她大可以說：我認識了另一個男人，除了離開你我別無選擇，因為讓對方離開，讓對方不再碰觸我，我就會死。但瑪嘉麗什麼也沒說，只是靜靜地看著裘瑟，沒有發出一點聲音以免驚擾他的睡眠。

她打量兩人的臥房，每個隱蔽的角落她都了然於胸，沒有任何一處會令她意外，就連沾染塵埃的過程也從不隨興，一定都會依循著精準的節奏；這就是她精確至毫米的人生。瑪嘉麗對此感到放心的反應連她自己都頗感意外，雖然過去這幾天的肉體歡愉宛如登仙，但更多的是疲累，每一個短暫激情的片刻都令她焦躁不安，生怕遭人非議而變得患得患失。和裘瑟在一起也許平淡無奇，但她開始體會到這種平淡也能帶來某種形式的愉悅；安逸的日子也有它的美。原本看似平庸的生活現在

22. 他是那種就算什麼都不做，也會讓人感覺總是受到打擾的人。

似乎有了全然不同的面貌，就連她的人生也披上了一襲新裝。她明白過去一星期以來被她否決的一切將會令她想念。是啊，懷念的心情滲入她的心緒，就在最後一刻，以近乎嘲諷的姿態。淚水從她雙頰滑落，從她身陷非理性感情風暴以來所強忍住的一切，被她一次釋放出來。

她總算站起身，拿了一只行李袋收拾物品，在打開抽屜的時候她吵醒了裘瑟。

「妳在幹嘛？」

「沒事，只是在整理房間。」

「應該不是吧，妳在整理行李。」

「行李？」

「對啊，妳在收拾行李，妳要去哪裡嗎？」

「沒有。」

「那妳在做什麼？」

「我不知道。」

「妳不知道。」

「……」

「妳好像在哭，妳確定沒事嗎？」

瑪嘉麗停止手邊動作，一動也不動，她甚至忘記了應該如何呼吸。裘瑟不解地看著她，他能料想到有個和他兒子同年的男人正在公車站等著他老婆嗎？他通常全然無法察覺瑪嘉麗在鬧情緒，只要他無法理解，他就會告訴自己說這是**女人家的毛病**。但這一次，他立刻從床上起身，他感覺情況有些不大一樣，甚至非常嚴重。

「告訴我妳在做什麼。」

「……」

「妳可以坦白跟我說。」

「我收拾行李是因為我要我們現在就出發，立刻動身，拜託不要再多問了。」

「可是出發去哪裡？」

「管他的，我們開了車就走，離開個幾天，就我們兩個。我們好幾年沒去度假了。」

「可是我沒辦法就這樣離開，還有工作啊。」

「我跟你說了，管他的，之後再補個醫生證明就好，你有三十年沒請過病假了。我拜託你，別再多想了。」

「所以妳才收拾行李？」

「對啊，我在整理我們兩個的行李。」

「那圖書館怎麼辦？」
「我會去留張字條。快點穿上衣服，我們要出發了。」
「可是我還沒喝咖啡。」
「算了啦，我們現在就走，什麼都不帶也行。出發了，快快快，高速公路上再停下來喝咖啡。」
「……」

14

幾分鐘後，兩人已經上了車。裘瑟從沒看過太太這副模樣，他明白一切照做就對了，畢竟瑪嘉麗說得沒錯，他已經嚴重過勞，用工作在慢性自殺，為了能繼續走下去，離開這裡，拋下一切，讓自己喘口氣的時候到了。途中，瑪嘉麗在圖書館停車，留下字條表示要離開幾天。她開得很快，但完全不知道要去哪裡，未知的興奮感駕馭著她，她總算在毫無安排的情況下採取了行動。裘瑟打開車窗，讓風吹打在臉上，因為不確定自己是不是還在作夢，畢竟此刻經歷的一切像極了一場夢。

15

胡許並不曉得當天他在公車站與傑瑞米擦身而過。後來，他發現圖書館沒開，試著向街坊鄰居打聽消息，最後才去拜訪市政廳的女秘書。但這些最終還是走進了死胡同，我們可以將其視為調查過程的尋常老調；他總是得先嘗到失敗的滋味，才能享受成功的果實，之前甚至是連續碰了好幾回釘子，他才終於能夠掌握到正確的線索。

他開始明白為什麼人生要他經歷這些幻滅打擊，過去他野心勃勃規畫人生，用盡推升名氣的策略算計直搗文學界，但他現在發現有時也需要憑恃直覺的帶領，於是他感覺自己需要前往亨利．皮克的墓前，以此為起點順藤摸瓜，找出能夠讓他揭開真相的陳年線索。

胡許對克羅宗墓園廣闊的占地感到吃驚，一條通衢大道直通一座兩次大戰罹難者紀念碑，兩旁則是數百座墓碑。入口處有間褪色的粉紅小屋是管理員的住處，他瞧見胡許，便從藏身處走出來：

「是來看皮克的嗎？」

「是的。」他回答，覺得有些意外。

「您可以在M64找到他。」

「哦，謝謝……一天順心。」

管理員返回屋裡，沒再多說什麼，只傳達了一個極簡的資訊；他走出屋子，指出M64，接著消失。胡許在腦海中重複了好幾遍「M64」，然後心想：就連往生者也有自己的地址。

他在夾道的墓碑間緩步走著，沒有嘗試識別號碼，而是選擇識讀每個名字直到找到亨利．皮克為止。他開始計算每位死者在世的歲數。羅宏．瓊庫（一九三九－二〇〇五）走得算早，享壽六十六歲，他只是眾多往生者中的一位。胡許禁不住想，每個人就像他一樣，經歷過尋常的喜怒哀樂，每個死者都曾在某天初嘗禁果滋味，因為一個事過境遷後的可笑理由和一位朋友鬧翻，或許有些死者也曾把車子給刮壞過。在這裡，他是人間的一位倖存者，同時也在幾公尺外看見了另一個活體樣本，對方是位五十來歲的女子，乍看之下有些眼熟。他一邊走近一邊繼續識別墳上的名字，但他幾乎可以肯定這個憑弔的女子就站在皮克的墓前。

16

胡許走到她身邊，認出她是喬瑟芬；他之前在內衣店外守候，最後卻在這裡遇見她。他看了一眼墓碑，上頭堆著鮮花，甚至還有幾封信，這畫面讓胡許意識到這位小說家引發何等巨大的熱潮。他的女兒站在墳頭前一動也不動，沉浸在催眠的靜謐中，完全沒發現身邊有位新訪客。比起先前在報紙上看到的照片，胡許覺得喬瑟芬的面容十分肅穆，完全不是那種有時接近癡傻的微笑模樣。當然，她面對的是父親的墓碑，但胡許感覺這並不是她之所以悲傷的原因，而且正好相反，她是來這裡找尋一種再也無法在墓園以外的地方獲得的安慰。

「您父親給您寫了一封很美的信。」他輕聲說。

「您說什麼？」喬瑟芬問，對剛發現身邊有名男子感到很吃驚。

「您找到的那封信，內容非常動人。」

「可是……您怎麼會知道這件事？您是哪位？」

「尚米榭．胡許，我是記者，請放心。之前我到雷恩想拜訪您，但是您行蹤不明。瑪蒂爾德跟我提到了這封信，我成功說動她拿給我看。」

「可是這跟您有什麼關係？」

「我想要看一眼您父親的……親筆文件。」

「好了，請別煩我，您沒看見我正在悼念嗎？」

「……」

胡許往後退了一公尺，像是凝結般動也不動。他覺得自己真笨，竟然沒料到對方會有這樣的反應，實在太莽撞了。這個女人就站在父親的墓前，他卻冒失開口提起這封信，這封他違背對方意願所取得如此私人的信件，那他還能指望會得到什麼答案？雖然這次調查讓他感到滿足，但是他絕不希望傷害任何人。喬瑟芬感覺男子始終站在身後，於是轉過頭去，她大可以再次發飆，但有樣東西讓她頓時心軟：對方那件又破又濕的風衣；這男人看起來像個無害的可憐蟲。她開口問他：

「您究竟想要什麼？」

「我不確定現在這個場合是不是很恰當……」

「別拐彎抹角了，想說什麼就說吧。」

「我的直覺告訴我寫下這本小說的並不是您的父親。」

「是嗎？為什麼？」

「一股直覺，就是有什麼東西不對勁。」

「所以呢？」

「我想要一個證據，一份親筆文件……」
「所以您才想要這封信？」
「是的。」
「您已經有了，它又能幫助您證明什麼？」
「您心知肚明。」
「您是什麼意思？」
「您沒辦法欺騙自己，只要隨便讀個信中的兩行，就可以知道您的父親絕不可能寫出一本小說。」
「……」
「這封信很動人，但裡頭沒有什麼詞彙，內容十分天真，而且錯誤百出……您難道不同意嗎？」
「……」
「可以感覺他費了一番很大的功夫才寫下這封給您的信，因為每個在夏令營的孩子都會收到父母的來信。」
「寫一封三兩下就可以完成的親子信跟寫一本小說是不一樣的事情。」
「認清現實吧，您跟我一樣都很清楚您的父親不可能寫出一本小說。」
「我不知道，再說要怎麼確定這件事？我們不可能再去問他了。」

兩人不約而同看著亨利・皮克的墓，但什麼也沒發生。

17

一個小時之後，胡許人在瑪德蓮家的客廳裡，面前放著一杯焦糖茶。喬瑟芬現在住在這裡，他心想，自從她受到馬克欺騙的打擊之後。她試著找回一絲平靜，好好療傷止痛，外出都只是為了去墓園。然而，她卻對父親感到不滿，他身後的遺作最終搞得天翻地覆。瑪德蓮說她前女婿的卑劣行徑剛好可以讓喬瑟芬徹底走出來。她說得沒錯，最近這連串事件的打擊終結了多年來的失婚憂鬱，喬瑟芬也是在這裡哀悼終於告別了對破鏡重圓的癡心妄想。

馬克留下數不清的道歉留言，試著為自己辯解，表示自己債台高築才被新歡逼迫，他不知道自己為什麼會如此膽大妄為。事發之後，他徹底斷絕和對方的關係，並提到要和喬瑟芬重新在一起。雖然最初的盤算包藏禍心，但重新回到喬瑟芬身邊的時候，他感到無比幸福。他明白自己搞砸了一切，但他無法忘記兩人重修舊好的可貴默契。他現在全明白了，但也太遲了，喬瑟芬永遠都不想再見到他。

此刻，她坐在客廳一旁的角落裡，讓胡許和母親聊聊目前的情況。瑪德蓮讀了好幾遍信件的影本，最後才開口：

「您還想要我說些什麼？」

「什麼都可以。」

「我丈夫寫了一本小說，就是這樣，他一直守著秘密。」

「可是那封信……」

「怎樣？」

「他很明顯根本沒有寫作的才能，難道您不同意嗎？」

「我受夠了這整件事，這本書讓每個人都瘋了。您看看我女兒的模樣！簡直莫名其妙，我要打電話給編輯。」

胡許驚訝看著瑪德蓮起身拿起家用電話的話筒，她翻開折損的黑色小本子，撥了黛兒芬的電話號碼。

時間接近晚上八點，黛兒芬和費德里克正在吃晚餐，瑪德蓮開門見山說：

「我這裡有位記者，他跟我說亨利並沒有寫這本書，而且還找到了一封信。」

「一封信？」

「是的，而且寫得不是很好……看完信後真的很令人起疑。」

「寫信跟寫小說是不一樣的東西。」黛兒芬支吾表示，「還有那位記者是誰？是胡許嗎？」

「那不重要，還是跟我說實話吧。」

「可是……實話就是手稿上有您先生的名字，而合約是您的名字，您是版稅的受益人，這證明了我一直認為您的先生就是小說的作者。」

黛兒芬使用免持聽筒好讓費德里克也能聽到電話內容，後者在一旁小聲說：「叫她問那位記者，看他認為的作者是誰。」瑪德蓮重複了疑問，胡許回答：「我有個人選，但是我現在什麼都不能說，無論如何不能再讓大家以為作者是亨利・皮克。」黛兒芬試著不讓情況失控，開口向瑪德蓮保證除非有明確的證據，否則小說作者就是她的丈夫，而這名記者必須證實他的說法，而不是去挖掘一些寫給小女孩的陳年舊信件。她補上：「如果我們找到普魯斯特的購物清單，也許就不會認為這個人有可能寫下一共七卷的《追憶似水年華》！」她就在這邏輯推論下祝瑪德蓮有個愉快的夜晚，然後掛上電話。

費德里克做出拍手叫好的模樣，表示：

「好樣的，無懈可擊的推論，普魯斯特的購物清單……」

「反正就是急中生智。」

「不管怎麼說，這種事早晚一定會發生的，妳心知肚明。」

「有人會懷疑是很正常的事，但是這封信並不足以證明皮克沒有寫這本書，他們沒有任何確切的證據。」

「目前沒有……」費德里克補充，帶著一抹徹底惹惱黛兒芬的微笑，後者一改平常的冷靜整個爆發開來：

「這話是什麼意思？這關係到的是我的名譽！這本書大受歡迎，大家都在稱讚我直覺過人，這樣就夠了，一切到此為止。」

「到此為止？」

「對！這樣的故事才讓人不可思議！」她邊說邊起身，費德里克試著抓住她的手，卻被推開。她快步走到門口離開公寓。

瑪德蓮的來電再次導致兩人劍拔弩張。他們意見相左，但從前至少還能溝通。為什麼黛兒芬的反應如此激烈？他在後頭追趕，在街上搜尋她的蹤跡，然後驚訝地發現她已經走遠，可是他覺得自己下定決心追上去之前，大概才呆坐了三、四秒而已；他對時間的感知力被扭曲得愈來愈嚴重，這是起心動念和當下實際時間長度產生落差的結果。有時他會長時間構思一個句子，然後吃驚地發現創作這個句子花了兩個鐘頭的時間。他和日常生活失去了聯繫，這種感受隨著他逼近小說的尾聲而愈來愈強烈。過程如此漫長、如此艱辛，使得最後幾個章節都是在腦袋不清不楚的時候寫下的。《說實話的男人》就快要完成了。

他開始跑向黛兒芬，就在眾目睽睽的大街上拉住她的手。

「放開我。」她大叫。

「不放，妳給我回家，簡直無理取鬧。我們可以談談，不需要弄得這麼難看。」

「我知道你想說什麼，我不同意。」

「我從來沒見過妳這個樣子，到底怎麼了？」

「……」

「黛兒芬？回答我。」

「……」

「妳認識了別的男人？」

「不是。」

「那是什麼？」

「我懷孕了。」

IX

掛上黛兒芬的電話後，瑪德蓮向胡許出示合約，她的確可以領到百分之十的版稅，總金額是相當可觀的數字，所以出版社確實認為皮克就是小說的作者。在持續交談的過程中，瑪德蓮和喬瑟芬都坦承自己受到這有些異想天開的出版想法給吸引，她們曾經深信不疑，但是卻發自內心覺得這是件不太可能發生的事。

「所以呢？會是誰寫了這本書？」喬瑟芬問。

「我有一個人選。」胡許說。

「那就快說啊！」瑪德蓮催促。

「好吧，我等等就把我的想法告訴兩位，但在此之前，可不可以再給我一杯妳們美味的焦糖茶？」

「……」

當所有人都在熱議所謂的皮克現象時，有多名記者開始關切這本書被退稿的經歷，嘗試找出有哪些出版社回絕了《一段愛情故事的彌留時刻》。也許可以找到說明退稿原因的審稿單？當然，關於這位布列塔尼披薩店老闆從未投稿小說的推測依然成立。他完成了小說卻沒給任何人過目，直到某天因為機緣巧合，一間退稿圖書館剛好就在他家附近落成，於是他決定為手稿提供一處安身之地。大家一再誇耀這男人從不愛出鋒頭的特質，所以這是個可信度極高的臆測，但話說回來，還是得確認他是否曾向出版社投稿。結果：沒有任何投稿紀錄。

坦白說，大部分的出版社都不會留存退稿小說的紀錄，除了曾出版法蘭絲瓦．莎岡《日安憂鬱》的著名出版社居雅之外。該社地下室存放有五十多年來收到所有書稿的清單，也就是數十本記載有作者名和書名的紀錄簿。多名記者派了實習生前往爬梳希望渺茫的被退稿作者名單，結果仍舊沒有皮克的名字。但胡許在直覺的引領下，尋找的卻是另一個名字：顧維克。他曾經寫過沒人願意出版的作品嗎？他付出心血創辦退稿圖書館，背後或許是出於個人因素？這是胡許的想法，而他也找到了證據：顧維克曾在一九六二、一九七四和一九七六年三度打算出版小說，並向多家出版社投稿，其中包括居雅，但都遭到回絕。這些挫折對他來說肯定非常痛苦，因為此後就再也沒有找到他的投稿紀錄；他放棄了出書夢。

胡許找到顧維克遭到居雅退稿的紀錄之後，開始打聽關於顧維克的遺產繼承。沒有子嗣、身無長物，他身後什麼也沒留下。沒有人會知道他曾嘗試寫作，而且他應該把所有的稿件都處理掉了。所有稿件，只有一本例外，這是胡許的臆測。創辦圖書館之後，顧維克於是決定悄悄隱身架上，而且當然，絕對不能用他自己的名字。這是種象徵性的決定，透過一種隱姓埋名的力量突出他創作的文本。胡許認為整件事的來龍去脈就是如此。

顧維克生前習慣到處送書，所以完全有可能在某天送了亨利一本《尤金・奧涅金》。向來沒有人會送書給這位披薩店老闆，他因此覺得很感動，一輩子都留著這本小說。因為沒有閱讀的習慣，他也就沒有打開書本，所以也無法知道裡頭有些句子被標記出來。

凡生存、尋思之人
終將鄙視人寰；
凡內心曾悸動之人
回想浮雲歲月。
讚歎之情於今難再，

回憶和追悔
已成無數咬嚙傷口，
而這一切每每
爲談天說地增色添彩。

這幾句內容可以呼應一場文學美夢的醒覺。凡是寫作的人皆有一顆悸動的心，一旦寫作夢碎就徒留未竟全功的遺憾，而講究的說法就是：回憶的咬嚙。

在展開對顧維克的調查之前，胡許決定先找到皮克不是小說作者的證據，以此做為調查工作的開端，這是首要且必不可少的階段。他前往雷恩找到了那封信，而現在他來到克羅宗，在皮克的家裡，向他的家人說明他的想法。他很意外母親和女兒竟也都認同他的推測，而且沒有太多異議。不過對此還有另一個因素必須考慮進去：這對母女都因為小說的出版，而蒙受一些令人反感或甚至是悲慘的後果。她們渴望回到從前的生活，而亨利不是小說作者的想法讓兩人算是鬆了一口氣。喬瑟芬過了一段時間之後才想到揭露真相可能會讓她們領不到小說版稅，但是此刻更要緊的是情感層面上的影響。

「所以您認為是顧維克寫了我丈夫的小說？」瑪德蓮問。

「是的。」

「那您打算如何證明？」喬瑟芬接著問。

「剛才跟兩位說過，目前這些都只是推測而已，再說顧維克身後什麼也沒留下，沒有手稿、沒有人出面證實他對寫作的熱忱。顧維克很少提到他自己，瑪嘉麗在專訪中也強調過。」

「所有的布列塔尼人都是這樣，這裡沒有碎嘴的人，您沒有選對調查的地區。」瑪德蓮開玩笑說。

「確實如此，但是我覺得這件事背後有些東西必須弄清楚，某些我疏忽掉的東西。」

「什麼東西？」

「我在市政廳提到顧維克的時候，那位女秘書當場面紅耳赤，接著態度就變得非常冷淡。」

「所以呢？」

「我認為她和顧維克可能有過什麼，結果不歡而散。」

「就跟他老婆一樣。」瑪德蓮補上一句，她沒有想到這句話將會改變一連串事件的走向。

3

夜已經深了，就算胡許還想聊下去，特別是想要瑪德蓮說說她所知道的顧維克太太，他仍心想最好還是等到明日待續。和之前在雷恩完全一樣，胡許在一股衝動的支配下出門，完全沒有預先安排住宿的地方，而且這一次他連車也沒有。出於禮貌，他向這對母女打聽附近是否有旅店，但時間已經接近午夜，所有店家都已經關門。很明顯地，他必須在這裡過夜，但是他對自己沒有預做安排感到很不好意思，像是有點厚臉皮似地硬賴在這裡。瑪德蓮要他別放在心上，並表示這是她們的榮幸。

「唯一的問題是沙發床真的破爛不堪，我不建議您去睡，所以就只剩下我女兒的房間，裡面有兩張床。」

「我的房間？」喬瑟芬又說了一遍。

「我可以睡沙發，我的背對我早就積怨已深，我和它的關係也不會因此惡化，兩位不用擔心。」

「不行，睡喬瑟芬那裡會比較好。」瑪德蓮堅持，似乎對胡許特別關愛有加；她很喜歡在胡許身上看到的那位長不大的小男孩。

喬瑟芬領著胡許進房，裡頭擺著兩張單人床。這是喬瑟芬兒時的房間，一切都還是老樣子，格局擺設還是過去某些晚上她會邀閨蜜來家裡過夜的模樣。兩張床中間隔著一張小桌子，上頭擺了一只橘色燈罩的檯燈。在這樣的擺設下，不難想像孩子們長談到夜深，互相傾訴心底話，但現在這裡是兩名同年紀的成年人，各自窩在單人的床榻上，就像是兩條平行線。他們開口談起各自的人生，就這樣聊了一會兒。

當喬瑟芬關上檯燈時，胡許發現天花板上布滿了發亮的群星。

4

兩人幾乎在同一時間醒來，喬瑟芬趁著天色微亮溜進浴室裡。胡許心想自己已經好久沒有這麼好睡了，應該是過去幾天累積的疲累和彌漫在整間房子裡的寧靜。他感覺體內有某種反應，卻說不出那是什麼。老實說，他覺得自己比起昨晚變得輕盈許多，像是有股重量離開了他的身體，一定是和布麗姬分手的重量。人可以跟自己講道理，但決定療癒感情創傷所需時間長短的仍是自己的身體。這天早上睜開雙眼的當下，胡許又可以重新呼吸，痛苦剛剛消失無蹤了。

5

用早餐的時候，瑪德蓮提起顧維克的妻子，她沒有在克羅宗這裡待很久，但瑪德蓮跟她還算熟悉，原因很簡單：瑪麗娜，對方的名字，曾在皮克家的披薩餐廳幫忙。

「就在我懷孕的時候。」瑪德蓮表示，語氣十分淡定，讓人無從察覺這句話背後隱藏的傷心事[23]。

「顧維克的太太跟您的丈夫一起工作？」

「是啊，前後兩三個星期，然後她就走了。她離開了尚皮耶，我想應該是回巴黎生活去了，之後就再也沒有她的音訊。」

胡許十分驚訝，他以為顧維克是隨便選了皮克的名字簽在手稿上，這樣就不需要捏造一個假名，現在他才發現這兩個男人之間有些淵源。

「所以您的先生比您更熟悉瑪麗娜？」他繼續問。

「為什麼這麼說？」

「因為您剛才說懷孕的時候是瑪麗娜在代班。」

「我是沒辦法再做外場工作，但我幾乎每天都會在餐廳裡，而且她幾乎都是跟我說話。」

「那她都跟您說些什麼？」

「她是個有點脆弱的女人，期待可以找到能夠幸福的地方。她說在五〇年代的法國當一個德國人真的很辛苦。」

「她是德國人？」

「是啊，可是從口音不一定能聽出來，我甚至認為很多人都不知道這件事，可是她卻告訴了我。可以感覺她有很深的創傷，但我所知真的有限，能記得的就這麼多了。」

「那她怎麼會來到這裡？」

「一開始她和顧維克是筆友，這在當時很普遍，她跟我說顧維克寫給她的信很動人，所以就決定嫁給他，到這裡來生活。」

「所以他能寫出動人的信。」胡許重複說了一遍，「必須找到這個女人還有這些信件，這會是關鍵……」

23. 瑪德蓮的第一個孩子出生時就夭折，幾年後才又生了喬瑟芬。

「證明我爸沒有寫這本書對您來說有這麼重要嗎？」喬瑟芬用直率的口吻插嘴道，當場潑了胡許一頭冷水。

胡許不知該如何回應，過了一會兒才支吾表示他想知道小說作者身分的念頭一直揮之不去，實在很難說清楚是怎麼回事。經歷職場失意之後，他覺得自己完全被掏空；他試著催眠自己，這邊微笑待人，那邊送往迎來，但這就像是死亡正逐步侵吞他的身體，直到這件事莫名其妙地讓他甦醒過來。他深信這場冒險的盡頭有個東西在等著他，某樣關乎他生存的東西，因此他想要找到證據，就算現在所有的線索都指向顧維克可能就是作者。母女倆對他的一番掏心獨白很意外，但喬瑟芬接著說：

「那您打算拿這些證據怎麼辦？」

「我不知道。」胡許回答。

「親愛的，妳聽我說，」瑪德蓮開口，「知道真相對我們來說也很重要，我好歹也上了電視大談妳爸爸的小說，所以我真的很希望能在死去之前知道真相。」

「別這麼說，媽。」喬瑟芬執起母親的手。

胡許所不知道的是喬瑟芬的這個動作在最近這幾年已經愈來愈少見，就像剛才瑪德蓮開口稱呼「親愛的」一樣；最近發生的連串事件出乎意料地反倒讓這對母女更加融洽。她們同樣被推到媒體的聚光燈底下，如此拋頭露面通常會伴隨著矛盾的後果，既快樂又令人失落、讓人飄飄然又讓人無法忍受。喬瑟芬最後選擇站在母親這一邊，胡許也許可以找到讓兩人重獲平靜所需的真相。胡許啟程尋找這位瑪麗娜的下落，她必然能夠證實顧維克就是《一段愛情故事的彌留時刻》背後的作者，而且我們也能知道兩人在結婚幾個星期後就突然分開的原因。

6

中午過後，喬瑟芬開車送胡許到雷恩搭乘前往巴黎的火車，而她明天早上就會重拾中斷了好幾天的工作。

7

自從和布麗姬分手後，胡許就回到他的頂樓房間生活。這個週日夜晚，他獨自一人待在窄小斗室裡，知天命的歲數，面臨嚴重的財務困難，但是他卻很幸福。幸福是種相對的概念，若是幾年前有人告訴他未來會是這種景況，他肯定會嚇壞了，但是經過連串打擊和排擠之後，這間陋室成了他眼中的天堂。

離開前，他請瑪德蓮幫他一個忙：星期一早上前往市政廳查詢結婚登記簿。其實瑪德蓮認識的瑪麗娜一直是冠上夫姓顧維克，她離開這裡之後，很可能又改用自己婚前的姓氏，而胡許在網路上也沒有找到瑪麗娜．顧維克的線索。

瑪德蓮碰到胡許兩天前諮詢的那位女士，她說明來意後，這位女職員回答：

「你們大家這陣子到底和顧維克有什麼過節？」

「沒事，只是我認識他老婆，希望能夠找到她的下落。」

「是嗎？他結過婚？這倒是挺新鮮的，我還以為他反對任何承諾。」

瑪婷．潘佩克又接著說了些關於這位圖書館員的事，答案很明顯：他們對彼此非常熟稔。完全無需開口多問，她自然就侃侃而談，掏心掏肺說著她滿滿的悔恨。瑪德蓮毫不意外，大家都知道顧維克只跟他的書本相處，其他任何人或東西他一概不愛。瑪德蓮試著安慰她：

「問題不在您身上，依我看，凡是愛書的人都得小心提防，跟亨利在一起我至少沒有這些煩惱。」

「可是他寫了一本書啊……」

「現在還不確定，搞不好可能是顧維克寫的。說實話，一個作家在自己的作品上簽下我老公的名字……實在太變態了！真的不值得去惋惜。」

「……」

瑪婷思索著是否該把這番話當作安慰，算了吧，現在說這些又有什麼用，人都死了這麼久，但她會一直愛著他。

過了一會兒，她前去調閱需要的資料，找到了瑪麗娜原本的姓氏：布魯克。

兩個小時後，胡許在房間一隅做出各種高難度動作，嘗試攔截Wi-Fi訊號；他擅自使用四樓鄰居的網路，但是只有緊貼著牆才能在一小塊範圍內收到訊號。他沒花太多時間就找到多名瑪麗娜·布魯克的線索，但通常都是臉書上的帳號，而且照片上的面貌都太過年輕。最後他找到一個導向某張ＣＤ內頁的連結，裡頭寫著以下題詞：

獻給瑪麗娜，我的母親，
好讓她能看得見我。

搜尋引擎在這個網頁上找到瑪麗娜和布魯克的關聯，而這張唱片是由一位年輕鋼琴家雨果．布魯克所灌錄，曲目是舒伯特的〈匈牙利旋律〉。胡許依稀覺得這個名字很耳熟，有段時間他很喜歡出席演奏會或是去看歌劇，他心想自己有很久完全不聽音樂，而他對此也並不想念。他繼續搜尋關於這位布魯克的其他訊息，發現他明天剛好會在巴黎的音樂會上演出。

8

音樂會全滿，胡許買不到票。他在一條窄巷等待，據說是音樂家會借道離開的後門小巷。他身旁有位個頭很小的女子，看不出年紀。她走近說：

「您也喜歡雨果．布魯克嗎？」

「是啊。」

「他每一場演奏會我都會去，去年在科隆的那一次真的太精采了。」

「那您今天晚上怎麼會在這裡？」胡許問。

「原則上，我從來不買他在巴黎演出的票。」
「這是為什麼呢？」
「他就住在這裡，這會影響他的表現。雨果在主場演奏的方式不一樣，但如果是巡迴演出就不同了，我可以感覺出來。差別非常細微，但我就是能夠察覺，而他自己也很清楚，因為我是他的頭號粉絲，我會在每場音樂會後和他留影，但如果是在巴黎，我就直接在出口這裡等他。」
「您覺得他在巴黎的表現比較不好？」
「我沒有說『比較不好』，只是不一樣而已，就是在音樂張力的表現上。我有告訴他這件事，他也覺得很驚訝，必須真的投入在他的音樂裡，才能感受到差異。」
「真的太奇妙了，所以您是他的頭號粉絲？」
「是啊。」
「那您一定知道他將最新的專輯獻給瑪麗娜……」
「當然知道，那是他母親。」
「上面的題詞有些神秘：『好讓她能看得見我』。」
「寫得很美。」
「是因為她過世了嗎？」

「不是，完全不是。她有時會來看他，其實是來聽他；她失明了。」

「喔……」

「他們母子關係非常融洽，他幾乎每天都會去探視母親。」

「她住在哪裡？」

「在蒙馬特的一間養老院，名字叫作『**光明**』，她兒子幫她挑了一間可以看到聖心堂的房間。」

「您剛跟我說她看不見。」

「那又如何？可以看見事物的不是只有眼睛而已。」這位瘦小女子表示。

胡許看著對方試圖報以微笑，但卻笑不出來；女子想問他為什麼提出這些問題，但卻沒有開口。胡許最終掌握到了他想獲得的所有情報，謝過對方之後便離去。

幾分鐘後，雨果．布魯克現身，再一次隨和地與他的頭號粉絲合影。

9

隔天早上，胡許帶著一顆忐忑的心步入這間名叫「**光明**」的養老院，他覺得這是一個象徵調查即將結案的名字。接待處的女士詢問他的來意，胡許表示想要拜訪瑪麗娜．布魯克。

「您是想說瑪麗娜．顧維克吧？」

「呃，是的……」

「您是親屬嗎？」對方問。

「不是，不算是，我是她先生的朋友。」

「她沒有結婚。」

「她結過婚，很久以前。您就跟她說我是尚皮耶．顧維克的朋友。」

櫃檯女士前往通知瑪麗娜的同時，胡許在這偌大的大廳裡等候，許多老人從他身邊經過。他們一邊往前走一邊跟他點頭致意，胡許覺得大家似乎沒把他當作訪客，而是當作一位新來的寄宿老人。

接待處的女士回來後領著胡許前往瑪麗娜的房間。進門時，胡許發現瑪麗娜背對著他，她面窗而坐，從窗戶向外望的確可以看到聖心堂。年邁的瑪麗娜轉過輪椅面對訪客。

「您好。」胡許輕聲說。

「您好。您可以把大衣放在我床上。」

「謝謝。」

「您真的該換了。」

「什麼？」

「您的大衣，都磨穿了。」

「可是……您怎麼會……」胡許不敢置信地結巴說。

「您放心，這只是玩笑。」

「玩笑？」

「對啊，櫃檯的羅絲琳都會向我描述訪客的特徵，這是我們之間博君一笑的遊戲。她剛才跟我說：『他的大衣都磨破了。』」

「啊……這真的會讓人有點毛毛的，但是很有趣。」

「所以您是尚皮耶的朋友？」

「是的。」

「他過得怎麼樣？」

「我很遺憾必須跟您說……他幾年前過世了。」

瑪麗娜沒有說話，我們幾乎可以說她完全沒有想到這會發生。對瑪麗娜而言，顧維克始終活在她的二十歲，是一個完全不會老去，更不用說是會死去的男人。

「您為什麼想要見我？」瑪麗娜這才開口問。

「我希望沒有打擾到您，但我想要釐清他人生中的一些事情。」

「是為了什麼呢？」

「他創辦了一間有點特別的圖書館，我想向您打聽關於他過去的一些經歷。」

「您剛才說您是他的朋友。」

「……」

「但他真的是不多話，我記得和他相處時的漫長無語。那您想知道些什麼？」

「您只跟他相處了幾個星期就返回巴黎了是嗎？可是您們才剛結婚不久，克羅宗沒人知道您為什麼會離開。」

「是啊，沒人知道……我可以想見大家都摸不著頭緒，而且尚皮耶什麼都沒透露我一點也不意外。這些都是好久以前的事了。我可以跟您說實話：我們並不是真正的夫妻。」

「不是真正的夫妻？我不懂，我以為你們曾給彼此寫情書。」

「這是我們告訴所有人的說法，但尚皮耶從來就沒寄給我任何一封信。」

「……」

胡許原本以為這些傾訴愛意的信件會是支持他推論的充分證據，但這個消息頓時讓他感到灰心，就算它並沒有改變什麼，一切還是言之成理，胡許仍深信顧維克就是小說的作者。

「一封信也沒有？」他又說了一遍，「那他有寫東西的習慣嗎？」

「寫什麼東西？」

「比如小說？」

「就我所記得的是沒有。他很喜歡看書，這是肯定的，而且無時無刻不在看書。他可以好幾個晚上把頭埋在書頁之間，一邊看書一邊唸唸有詞；他活在文學的世界裡。至於我，我喜歡聽音樂，而他崇尚的是寂靜，在這方面我們很難相處。」

「您是因為這樣才離開的嗎？」

「不是，不算是。」

「那是為了什麼？您才剛說『不是真正的夫妻』又是什麼意思？」

「我不知道自己該不該跟您提起我的人生，我甚至連您是誰都不知道。」

「我是個認為您的先生在您們分開之後寫了一本小說的人。」

「一本小說？我不太明白您的意思，您剛才還問我尚皮耶有沒有寫作的習慣，但您似乎已經知道答案了；您的說詞實在讓人很困惑。」

「所以我才需要您的協助把一切給弄清楚。」

胡許如同每次來到調查的關鍵點上，字字鏗鏘地說出最後一句話。瑪麗娜如今已經具備聆聽他人心底願望的能力，那種最真實的願望，而她可以感受到這名訪客心中懷抱著宏願，於是她決定把知道的一切告訴他，而她所知道的就是自己一生的故事。

10

瑪麗娜．布魯克一九二九年生於德國的杜塞道夫，自幼生長在對祖國和對首相的大愛之中。大戰那幾年，她生活在富裕和歡樂的氣泡裡，身邊圍繞暫代父母親的奶媽們。父母不常在她身邊，而是四處出席派對、旅行和作夢。每次他們返家，瑪麗娜就如同置身天堂，和母親玩耍並聆聽父親要她保持儀態的教誨，父母在家的時候不多，但都是可貴的片刻。瑪麗娜每晚都懷抱著親吻爸媽入眠的心願度過漫漫長夜，但他們後來的態度卻有了一百八十度的轉變，似乎突然間擔心起來。之後每次見到女兒，他們便對她視若無睹，並且變得易怒、粗暴、茫然。一九四五年，他們決定離開德國，拋棄當時十六歲的瑪麗娜孤單一個，只求有人願意收留她。

瑪麗娜最後被安置在由法國修女管理的寄宿學校裡。修道院裡的規矩很嚴，但不會比她經歷過的家教嚴厲。沒多久，她就能說得一口無懈可擊的法語，但仍費勁心思糾正任何可能洩露她國籍的細微腔調。她後來輾轉得知自己父母的為人，以及他們犯下的醜惡罪行。兩人像狗一樣遭到通緝和逮捕，後來被關進柏林市郊的監獄服刑。瑪麗娜明白自己是兩隻怪物相愛之下的結晶，而且更糟的是他們還曾試著往她腦袋灌輸可恥的思維。曾經被這些不堪的想法給洗腦，她覺得自己非常齷齪，她恨透自己曾是個天真的女孩。修道院的氛圍讓她有機會將自己的品格淹沒在制式的人神關係之中，她黎明即起，問候至高無上的威能，誦唸銘記於心的禱詞，但是她明白真相：生命盡是黑暗。

成年後，她決定留在修道院裡，因為坦白說她不知該何去何從。她不想成為修女，院方答應收留她直到她找到人生的意義為止。年歲就這樣流逝而過。一九五二年，她的父母在國家再造的名義下獲得特赦，並即刻前來探視他們的女兒。他們認不出她，女兒已經成了女人；她認不出他們，爸媽只是幽魂。她不願聽他們表示悔恨，奔跑著離去，趁此機會永遠離開了修道院。

瑪麗娜想去巴黎，一座修女們用驚嘆口吻描述的城市，而她一直夢想有天能去造訪。抵達巴黎後，她聽取建議前往法德協會辦事處。這是一個小規模社團，費盡心思嘗試在兩國人民之間搭起橋梁並提供協助。其中一位志工帕特里克認年輕的瑪麗娜為乾妹，並在一間大餐廳裡幫她找了份管理衣帽間的差事。一切都進行得很順利，直到有天餐廳老闆發現瑪麗娜是德國人，他當場喚她是「下流的德國鬼子」，並毫不留情地開除她。帕特里克堅持要老闆為此道歉，但此舉無疑是提油救火：「那我父母呢？他們有對我父母說對不起嗎？」這樣的態度並不罕見，畢竟戰爭才結束了七年而已。想在巴黎生活同時不被隨時當成野蠻人對待，實在是太不容易，但她並不打算回德國，於是帕特里克建議說：「妳得嫁個法國人才能解決問題。妳說話沒有口音，加上結婚的身分證件，妳就會是個如假包換的法國小女人。」瑪麗娜承認這是個好點子，但她實在不曉得可以跟誰結婚；她的生活周遭裡沒有對象，而且說實話，她的生活周遭裡從來就沒有過任何對象。

帕特里克無法為此犧牲，因為他已經有未婚妻米海耶，一位高大的紅髮女子，八年後死於車禍。但他想到了尚皮耶，尚皮耶．顧維克，一位他在當兵時認識的布列塔尼人。一個有點特別的傢伙，相當內向，始終單身，為書本付出人生的怪咖，絕對是那種會接受此番提議的男人。帕特里克寫信告知他緣由，顧維克用不到十秒鐘就決定接受。誠如他軍中袍澤所預料，這誘惑令人難以拒絕：娶一位素昧平生的德國女子為妻，實在是太浪漫了。

雙方達成協議，瑪麗娜前往克羅宗和顧維克成婚，兩人共處一段時間之後，她隨時都可以離開。他們對任何提問的人表示雙方是看分類廣告認識的，並在書信往返之間萌生愛意。一開始瑪麗娜有些擔心，一切都簡單得太不真實。這個男人想要什麼回報？和她發生關係？把她當作女僕使喚？瑪麗娜帶著忐忑不安的心深入法國西部，顧維克以平常心接待瑪麗娜，後者立刻明白自己完全是在杞人憂天。她覺得顧維克很迷人、很害羞，而後者則覺得瑪麗娜美極了。他之前甚至沒多問對方的模樣，就在完全沒有要求任何外貌描述的情況下，決定娶一位陌生女子為妻。不過這一切終究不算數，只是一場假結婚，但是這名女子的美貌讓他驚為天人。

瑪麗娜住進顧維克的小公寓，她覺得這裡死氣沉沉，而且到處擺滿書本，書架似乎都快撐不住了。她不希望自己被杜斯妥也夫斯基的全集給壓死，她直率地說，這句話讓顧維克笑了出來，這種情緒表現在他身上並不常見。這位年輕的圖書館員把好消息告知兩位嫡親，市長要兩人對這段婚姻表示同意。他們的一舉一動都是在做戲，但是假結婚裡也有結婚這兩個字，兩人心裡都出乎意料地一陣揪痛。

11

兩位新人展開同居生活，瑪麗娜沒多久就感到無聊。顧維克是皮克披薩店的常客，發現瑪德蓮懷有身孕，便提議讓他老婆來幫忙，瑪麗娜於是做了幾個星期的餐廳服務生。皮克就像顧維克一樣並不多話，幸好瑪麗娜還可以跟他太太聊天。她沒多久就坦承自己是德國人，瑪德蓮非常訝異，因為根本聽不出來，但當時更令她覺得奇怪的，是這位新嫁娘愁眉不展的模樣，大概是因為來到菲尼斯泰爾這處偏鄉而感到失望。每次提到巴黎，提到那裡的博物館、咖啡廳、爵士夜店，她的眼神立刻就陰霾盡掃，任誰都能料到她很快就會離開這裡，然而她一提到顧維克卻總是滿懷溫柔情意。有天她還表明：「這是我第一次遇到這麼體貼的男人。」

這是真的。顧維克對自己的老婆體貼入微，但不至於浮誇過度。他把臥室讓給瑪麗娜，自己睡在沙發上；他經常負責準備晚餐，試著讓瑪麗娜體會海鮮的美味，她原本以為自己絕對無法忍受，但是幾天之後卻開始大啖生蠔。人總是可以改變，好惡本身也並非無法動搖。顧維克有個秘密，他偶爾喜歡凝視瑪麗娜沉睡的樣子，那副藏身夢鄉之中的乖寶寶模樣總讓他驚嘆；至於瑪麗娜，她有時會翻開顧維克口中的愛書，想要跟隨他前往書香世界，試著為兩人的夫妻生活平添一些真實色彩。

她不明白為什麼顧維克不試著撩撥她的芳心，有天她幾乎就要脫口而出：「你不喜歡我嗎？」但她沒有說出口。他們的同居生活成了兩股力量互斥的現場：逐漸萌生的好感總被相敬如賓的距離所牽制。

就算一心一意只想回到巴黎，瑪麗娜並不排斥去想像自己在布列塔尼的生活。她可以待在這個令她放心、怨愛不興的男人身邊；她終於可以走出擔驚受怕，為追尋平靜的疲累過程畫下句點。但是有一天，她卻開口表示自己很快就要離開這裡，顧維克回答這本來就是當初的約定。見他如此冷漠、毫無感情的反應，瑪麗娜感到訝異，她多希望顧維克會要她再多留一會兒。簡單幾個字就足以改變一個人的命運，那些被顧維克深藏在心底的字眼。可是他無法說出口。

兩人相處的最後一晚十分安靜，他們喝著白酒、吃著海鮮。在兩枚生蠔的空檔，顧維克還是開了口：「那妳到巴黎要做什麼？」瑪麗娜回答自己沒有什麼頭緒。隔天離開的那一刻，瑪麗娜才是真的毫無頭緒，她的未來就如同睡醒所見那般茫然。「那你呢？」她問。顧維克提到要在這裡建立的圖書館，這勢必得花上好幾個月的時間。兩人就在這得體有禮的對話中道別，但在就寢前，他們還是短暫將對方擁入懷中，這是兩人第一次、也是最後一次碰觸彼此。

隔天，瑪麗娜很早就離開，她在桌上留下一張字條：「等到了巴黎，我會去吃生蠔，這樣我就會想起你。謝謝你做的一切。瑪麗娜。」

12

他們愛著彼此卻沒有勇氣告訴對方，瑪麗娜始終等不到顧維克的任何表示。幾個年頭過去了，她總算覺得自己是個百分之百的法國人，有時她會略顯得意地補上一句：「我是布列塔尼人。」瑪麗娜從事時尚產業，有幸見過年輕時的聖羅蘭，她長時間縫製高級訂製禮服上華麗的馬甲刺繡而弄壞了雙眼。她曾經有過幾段感情，但在長達十多年的時間裡沒有任何認真的對象。有好幾次她想要回去找顧維克或是寫信給他，但她心想對方很可能已經有另一個女人作伴了。不管怎麼說，他始終沒有現身表示要處理離婚事宜。瑪麗娜能想到自從她離開之後，顧維克就再也沒有愛過任何人了嗎？

一九六〇年代中期，瑪麗娜在街上認識了一名義大利男子，他優雅、玩世不恭，擁有馬切洛．馬斯楚安尼的那種魅力。她前不久才看了費里尼的電影《甜蜜生活》，便把這次的相遇視為徵兆。生活真的可以很甜美。亞力山卓在一間總部位於米蘭的銀行上班，但他們在巴黎也有分行，所以他必須頻繁往來於兩個國家。瑪麗娜很喜歡時聚時散的伴侶生活，對她來說這是種按部就班入門情愛的方式。每回亞力山卓來巴黎，兩人便出門玩樂、笑鬧追逐。瑪麗娜從他身上感受到某王國王子的氣派，直到有一天她懷孕了。亞力山卓現在必須負起責任，留在法國陪在她身旁或是把她帶在身邊。他表示會提出終生轉調巴黎的申請，對即將迎接新生命喜上眉梢。「而且我確定一定會是個男孩子！這是我的夢想！」接著他還補上：「我們要把他叫作雨果，跟我祖父的名字一樣。」此刻瑪麗娜想的是顧維克，她必須聯繫他處理離婚事宜。然而，亞力山卓反對一切形式的束縛，認為婚姻是種過時的制度。於是瑪麗娜沒有多說什麼，看著自己的肚皮一天天圓滾起來，承載滿滿的約定。

亞力山卓的直覺準確，瑪麗娜生下了一名男嬰。生產的時候，亞力山卓人在米蘭處理展開新生活前的最後幾道小手續。當時按照慣例，男人是不進產房的，但他隔天就會到，手裡一定會捧著禮物。可是隔天，亞力山卓用另一種方式現身，一紙電報：「很抱歉，我在米蘭已經有家室了，我的太太和兩個孩子。千萬別忘記我愛妳。A。」

於是瑪麗娜獨自撫養兒子長大，沒有家人、沒有丈夫，而且隨時都覺得自己被人指指點點；當時社會難以見容單親媽媽，她所到之處都有人在背後說閒話。但她覺得這沒什麼，雨果給了她勇氣和力量，融洽的母子關係就是對抗一切的堡壘。幾年後，瑪麗娜的視力愈來愈差，她開始戴起矯正眼鏡，但她的眼科醫師對病況十分悲觀，檢查報告顯示她將會逐漸失去視力直到有天失明為止。當時十六歲的雨果心想：如果媽媽再也看不見我，我就必須想辦法讓自己存在於她的腦海中。於是他開始彈鋼琴，音樂就是他存在的證明。

他勤奮精進琴藝，以第一名的成績考取音樂學院，時間差不多就是在瑪麗娜完全失明的時候。因為無法工作，她會旁聽兒子的每一次排演和每一場音樂會。雨果在鋼琴家生涯初期就決定使用布魯克做為自己的藝名，這是種接受自己身分的方式；這是他的故事，他和他母親的故事，屬於他們兩個人的故事。布魯克（Brücke）在德語中的意思是「橋梁」，瑪麗娜這時才發現自己的人生是由離散的片段構成，彼此間並沒有真正的聯繫，就像必須仰賴人工構築聯絡道的點點島嶼一樣。

13

瑪麗娜的自述令胡許非常激動，他沉吟了一會才開口：

「我相信尚皮耶．顧維克是愛您的，我甚至認為他這輩子都在愛著您。」

「您為什麼這麼說？」

「我剛才說過，他寫了一本小說，而我現在知道它的靈感是源自於您、您的離去，還有所有顧維克不知該如何對您說的話語。」

「您真的這麼認為？」

「真的。」

「那本小說叫什麼名字？」

「《一段愛情故事的彌留時刻》。」

「很美的名字。」

「是啊。」

「真希望能讀讀看。」她說。

連續兩個上午，胡許到瑪麗娜房裡為她朗讀顧維克的小說。他讀得很慢，有時年邁的瑪麗娜會要他重複某些段落，或是在過程中穿插自己的看法：「沒錯，這裡我可以認出他來，這實在太像他了……」至於憑空想像的性事描寫，她認為顧維克寫下了自己渴望經歷的過程。這麼多年來，瑪麗娜生活在黑暗之中，她比誰都更能體會這樣的抒發方式；她會不斷憑空杜撰一些故事，有點像是讓自己去經歷雙眼無法看到的事物，最終創造了一個很接近小說家的平行人生。

「那普希金呢？你們曾經談到他嗎？」胡許問。

「沒有，我沒有印象，但是尚皮耶很喜歡讀自傳。我記得他曾跟我說起杜斯妥也夫斯基的生平，他很喜歡了解別人的經歷。」

「也許是因為這樣，他才會把一位作家的生平融入到真實故事裡。」

「不管怎麼說，故事非常地動人，尤其是他描寫臨終的方式……我沒有想到他的文筆竟然這麼好。」

「他從來沒跟您提起過他的寫作夢嗎？」

「沒有。」

「……」

「那這本小說後來怎麼了？」

「他想要出版卻吃了閉門羹，我覺得顧維克希望用出書的方式重新回到您身旁。」

「重新回到我身旁……」瑪麗娜又說了一遍，聲音裡帶著哽咽。

這位老婦人激動的情緒感動了胡許，他選擇暫時不要透露任何關於小說出版的事，而瑪麗娜似乎也沒有聽人提起，最好還是讓她先沉澱一下才剛獲悉的一切還有小說的內容。就在胡許準備離去的時候，瑪麗娜要他過來身邊，握住他的手表達感謝。

當房裡只剩她一人的時候，瑪麗娜流下了幾滴眼淚。她的人生又搭起了一座橋梁，經過幾十年的沉默，往日突然又重現眼前。這大半輩子，她一直以為尚皮耶並不愛她。他這個男人慷慨、體貼、溫柔，但卻從不透露任何一絲內心的感受。他的小說揭露了他的感情，如此奔放濃烈，使得他往後再也無法去愛別的女人。瑪麗娜現在承認自己也有相同的感受，所以這份愛的確存在過，或許這才是最要緊的事。是啊，愛情曾經降臨過，就像她在全然的黑暗中所建構的光明故事。生命私下留了一手，多少故事從沒在真實中上演，卻都是真實的體會。

14

當初決定調查這個他直覺身世可疑的事件時，胡許從沒預料到會經歷這麼多令人動容的時刻，但現在還有件很重要的事情必須完成。

胡許在自己侷促的小套房裡睡了大半個下午，夢見瑪麗娜吃著巨大的生蠔，生蠔搖身一變成為布麗姬，開口對他刮壞車子大吼大叫。他立刻驚醒過來，發現天色已經暗了下來。他打開電腦，試著整理筆記的內容。他還不曉得要在哪份報刊上刊出這篇文章，或許是價高者得，他很肯定這些內幕會令整個文學界群情激動。話雖如此，胡許並不打算質疑格拉塞出版社的誠信，很明顯整間公司上下都發自內心相信皮克就是小說的作者。

就在工作近兩個鐘頭的時候，胡許的手機收到一封簡訊：「我在你們樓下的咖啡館裡等您。喬瑟芬。」他第一個反應是喬瑟芬怎麼會知道他家地址，之後才想起他是在兩人的同房夜話中告訴她自己住的地方；他的第二個反應是想到自己今晚很有可能會不在家啊，總之沒有事先告知就自行在別人家樓下等候實在很莫名其妙。但是他又想到：在她眼裡，我是那種每天晚上除了宅在家之外沒別的事可做的男人。必須承認喬瑟芬沒有看錯。

胡許回傳：「我立刻下去。」但他卻花了比預期還要長的時間，因為他不知道要穿什麼，這並不是因為他想要討好喬瑟芬，而是最起碼不要惹人家討厭。起初在刊出的專訪中，他覺得喬瑟芬根本是個愚婦，但墓園的相遇立刻改變了他的看法。他在衣櫃前琢磨個沒完，同時陷入無法抉擇的困境之中，就在這時候，他接到第二封簡訊：「您直接下樓吧，這樣就很好了。」

15

兩人此刻喝著紅酒，胡許本來想點啤酒，但最後還是選擇和喬瑟芬一樣。方才猶豫該穿什麼的過程中，他一度想入非非認為喬瑟芬是出於一股無法壓抑的衝動才來找他，或許是想要坦承自己對他有好感。這不能算是理由充分的猜測[24]，不過現在已經沒有任何事物可以讓他跌破眼鏡。幾句無關痛癢的閒聊之後，兩人總算開始以你相稱，喬瑟芬也終於開口說明來意：

「我不希望你刊出這則報導。」

「為什麼？我以為妳們母女倆希望把真相公諸於世，以為妳們已經受夠了這整件事。」

「我們當然想要知道真相，而且多虧了你，我們現在知道我父親並沒有寫下這本小說。你無法想像我們的生活被這整件事搞得有多亂，我們還以為自己一直跟一位陌生人在同個屋簷下生活。」

「我了解，所以才更需要釐清真相啊。」

「正好相反，真相反而會引發更大的騷動。我已經可以想見有記者會問：『那麼得知您父親最後並沒有寫下這本小說您有什麼感想？』到時候一定會沒完沒了。而且這對我媽來說也很丟臉，她還曾經上電視談這本小說，這簡直讓人家看笑話。」

「我不知道該跟妳說什麼，我一直覺得說實話很重要。」

「可是這能改變什麼？是皮克還是顧維克，根本沒有人會在乎。大家就是樂見作者是我爸，就是這樣，放手隨他們去吧。另外，還有一些問題。」

「什麼問題？」

「顧維克沒有子女，而格拉塞不會支付我們版稅。」

「原來是因為這個原因啊。」

24. 已經很久沒有女人會在未事先知會的情況下自駕三百公里來找他。坦白說，這種事從沒發生過。

「**也**是因為這個原因。有什麼問題嗎？我可以告訴你就算沒多少錢，我的立場也不會改變。這件事還有它造成的後果讓我吃足了苦頭，我不想再聽見有人提起，我想要繼續我的人生。說完了，我求你的就是這件事，拜託你了。」

「……」

「……」

「我跟妳說，我去見了顧維克的太太，」胡許接著說，「我和她經歷了一段讓人百感交集的時光；我唸小說給她聽，她才明白原來顧維克真的愛過她。」

「這就對了，這才是你的使命，皆大歡喜，你應該就此打住。」

「……」

「如果你願意，我可以用一份厚禮交換。」喬瑟芬這時露出一抹燦笑來緩和氣氛。

「妳想要付我封口費？」

「你很清楚這樣對大家都好。所以呢？你的代價是什麼？」

「我需要想一下。」

「就隨便說個東西。」

「妳。」

「我？別作夢了，我可是貴得不得了，得再多賣好幾本書才能指望買下我。」

「這樣的話……一輛車，妳買一輛富豪給我？」

兩人你來我往了好一會兒，直到咖啡館關門。胡許沒多久就被說服了，他一直深信他的調查工作將會徹底改變他的人生，而改變正在發生，只是並非他預期的那一種。兩人之間存在某種絕妙的默契。喬瑟芬表示自己不知道該在哪過夜，她和胡許一樣同屬於從不預先安排住宿地點的宗派。兩人上到小套房裡，胡許並不在乎女性可能會對他的公寓有什麼意見。兩人躺在彼此身旁，但這一次是在同一張床上。

16

隔天早上，喬瑟芬提議胡許陪她回雷恩，畢竟他在巴黎也沒別的事可做。他可以在雷恩展開新的生活，也許到書店裡上班或是為地方報紙寫寫文章，他喜歡這種重新出發的想法。他們從容開在高速公路上，一路上聽著音樂，過了一會兒，兩人停下來喝咖啡，一邊喝一邊明白自己愛上了對方。兩人年紀相同，也過了出鋒頭的歲數，一段愛情故事的初生時刻，胡許心想。在一間蕭索的加油站喝著難以下嚥的咖啡，然後發現沒任何情境會比現在更美好，這實在是太美妙了。

後記

1

費德里克喜歡把頭靠在黛兒芬的肚子上，期待聽見心跳的聲音，但現在還太早了。不過兩人倒是已經擬了好幾頁的候選名字，只是到時候可能會很難取得共識，於是費德里克談了條件：「如果是男生，就由妳來選；如果是女生，就由我來選。」

2

談妥取名協議後幾天，費德里克表示他總算把小說給完成了，之前他完全不肯向黛兒芬透露任何片段，是希望她可以看到小說的全貌。黛兒芬懷著有些忐忑的心情，一把拿走《說實話的男人》，然後把自己關在房間裡。不到一小時之後，她氣沖沖走出房間：

「你不可以這麼做！」

「我當然可以，這是之前就說好的。」

「可是我們已經談過了，而且你也同意。」

「我改變主意了，我需要讓所有人都知道這件事，我再也受不了都不吭氣。」

「這太超過了，你曉得這會讓我們失去一切。」

「妳可能會，但我可不會。」

「你這是什麼意思？這是我們兩個的事，我們必須一起做決定。」

「說得倒容易，便宜都給妳占盡了。」

「我警告你，費德里克，如果你決定出版這本書，我就拿掉孩子。」

「……」

費德里克頓時啞口無言，她怎麼敢這麼說？用兩人孩子的性命威脅他就範，這太卑劣了。黛兒芬察覺到自己言行脫序，試著加以挽回，隨即走到費德里克身邊道歉，並且用軟化的態度要他好好考慮，後者也答應會仔細想想。總而言之，黛兒芬剛才無恥的勒索行徑，讓費德里克明白她有多害怕失去一切，而且也許她也沒錯，屆時人們會控訴她把大家耍得團團轉，還有更糟的：控訴她讓一位老太太相信自己的丈夫寫了一本小說。黛兒芬的氣惱當然情有可原，但費德里克也必須為自己著想，這並不過分，而且他不也已經忍耐了好幾個月了嗎？這陣子他只想著這件事，想著所有人得知真相的那天來臨。終於，人們會知道他才是這本銷量冠軍小說的作者，但我們還是可以澆他冷水說讀者更買帳的是小說中的小說，也就是這位披薩店老闆在絕對保密的情況下寫作。也許這麼說也對，但是如果沒有他的文本根本就不會有這本小說。可是現在，他卻被要求必須保持緘默，必須在自己的創作面前隱姓埋名。

3

事件的始末其實很簡單。幾個月前，費德里克陪同黛兒芬第一次前往克羅宗，認識了她親切和藹的爸媽，發現布列塔尼的魅力。他每天上午待在房裡寫作，創作的書名叫作《床》，但是沒有人知道小說的主題是什麼。費德里克一向喜歡在保密的情況下寫作，認為創作中的小說搶先曝光會分散他的專注力。當時他正要完成一對戀人分離的故事，反襯的背景是普希金的臨終時刻。這個構想令費德里克感到很興奮，他希望自己的第二本小說會有比處女作更出色的成績，只是可能性不大。除了少數幾位作家之外，而且還不一定是最傑出的幾位，大部分的書都乏人問津。

在一次和黛兒芬爸媽的閒聊之後，兩人前往參觀著名的退稿圖書館。費德里克就是在那裡打算讓所有人相信他最新的小說是在這裡被人發現的，一個非常高竿的行銷創意，只要銷售量衝高，他就可以出面表示自己是作者。他把計畫告訴黛兒芬，後者當場覺得棒極了，只是她認為必須為手稿找個掛名的作者，不能用假名或化名；不行，一定要找一個真實的人物才行，這樣才能引起大家的好奇。關於這一點，後續事件的發展證明了黛兒芬沒有錯。

兩人前往克羅宗墓園，準備挑選一位往生者充當本書作者。猶豫了一會兒，他們最後選了皮克，因為兩個人都很喜歡姓氏裡有字母K的作家。皮克兩年前過世，絕對無法反駁自己沒有寫過小說，但是必須通知他的家人，說服他們簽下出版合約，完成這些手續之後，就不會有人質疑這是一樁化名炒作。費德里克對此感到很詫異，但黛兒芬明白告訴他：「這本小說你領不到一毛錢，但只要大家後來知道你才是作者，到時候你就會成為熱議的對象，這對你的下一本小說會很有幫助。要玩就最好是玩到底，除了我們兩個之外絕不能讓其他人知道。」

費德里克花了好幾天完成小說，但是他認為黛兒芬的母親可能不小心看到了《床》的草稿。出於謹慎，他決定換上新的書名：《一段愛情故事的彌留時刻》，同時更改了排版格式，營造出更接近打字機的版面式樣。小倆口印出書稿，挖空心思弄舊紙張並汙損稿件。完成後，兩人返回圖書館，手裡帶著他們後來佯裝發現的文壇遺珠。

面對瑪德蓮最初的反應，還有她對整件事可信度的遲疑，兩人認為在皮克家留下證據會更有幫助。於是就在兩人二度上門的時候，費德里克藉口要上廁所，把普希金的書藏進了亨利．皮克的遺物之中。任務達成。但是他們沒想到會引發這般熱潮，完全出乎兩人預期，但也可以說讓他們落入了自己的圈套。在錄製弗朗索瓦．布奈爾節目的過程中，黛兒芬就明白了這一點。瑪德蓮感動了那麼多的電視觀眾，如果公開真相肯定會被當成可恨的騙子。對費德里克而言這是個要命的煎熬，身為法國最暢銷小說的作者卻不得不隱姓埋名，只能甘於做一個沒沒無聞的小說家，就連同居了三年的前女友也不曉得他出了一本小說。另一方面，黛兒芬卻因為兩人的陰謀而贏得關注和榮耀，她經常不在身邊讓費德里克感到憤怒，於是開始計畫在下一本新作中揭露事件真相。他當然會巨細靡遺交代這整件事，同時也會剖析當今社會如何過度重視形式而忽略了內容。

4

費德里克接受了黛兒芬的道歉，承認揭發這起化名炒作將會危害到兩人。幾天之後開始放暑假，兩人決定前往克羅宗。

費德里克每天上午窩在床上，試著創作新的小說，但卻沒有什麼靈感。他偶爾會沿著海岸散步，然後想起理查德·布勞提根臨終前在波里那斯，一處多霧的加州海岸。這位美國作家的作品愈來愈乏人問津，他可以感覺自己的聲望正在走下坡，於是沉淪在酗酒和妄想之中。他有好幾天沒告知任何人近況，就連他的女兒都不知情。最後他了結了自己的性命，孤單一人，屍體被人發現的時候都已經腐爛了。

假期當中，費德里克決定去克羅宗圖書館走走，畢竟那裡是這整件事的開端。他又見到了瑪嘉麗，覺得她有些不同，但又說不上來外貌上有什麼改變，也許是變瘦了吧。她很熱情地招呼費德里克：
「啊，作家先生您好！」
「您好。」
「最近怎麼樣？來度假嗎？」
「是啊，我們應該會在這裡待上幾個月，黛兒芬懷孕了。」
「恭喜，是男生還是女生？」
「我們不想知道。」
「那到時候就是個驚喜囉。」
「是啊。」
「那您有出版新書嗎？」
「目前還在慢慢地寫。」
「記得要通知我，我們一定會列為採購書目，一言為定哦？」
「一言為定。」
「既然您剛好在這裡，如果您會待在克羅宗的話，是不是可以請您來主持寫作工作坊？」
「我……我不知道……」
「最多就一個禮拜一次而已，就在旁邊的養老院裡，他們會很得意可以邀請到像您這樣的作家。」

「啊，我會考慮看看。」

「好啊，一定會很有意思的，幫助他們寫下自己的回憶。」

「好，我們再研究。那我要去逛一下，我應該會借本書來看。」

「那太榮幸了。」瑪嘉麗笑盈盈地說著，像是剛獲得別人的讚美。

費德里克一邊想著剛才瑪嘉麗的提議，一邊往書架走去。當自己的第一部作品獲得出版社青睞的時候，他想像自己會被書迷包圍，獲得文學獎肯定，甚至可能是龔固爾或何諾多之類的。同時他也幻想小說會被世界各國翻譯出版，讓他遠行至亞洲或美洲。讀者們迫不及待想看到他的新作，而他也會與其他偉大的作家為友。當時他想到的盡是這些。但是他從來沒料到自己最後會在布列塔尼的一處偏鄉小城指導老人家寫作，而令人意外的是，他還頗喜歡這個構想的，而且等不及要把這件事告訴黛兒芬。他真喜歡待在她身旁，而且他要做爸爸了，現在他更能深刻體會到這件事令他有多開心。

5

幾分鐘後，他從提袋裡拿出《說實話的男人》的手稿，把它放進退稿圖書館的架上。

國家圖書館出版品預行編目資料

退稿圖書館 / 大衛．芬基諾斯 著；范兆延 譯--初版.--臺北市：皇冠, 2018. 09
面；公分. --(皇冠叢書；第4713種)(CHOICE；318)
譯自：Le mystère Henri Pick
ISBN 978-957-33-3394-4 (平裝)

876.57　　107013371

皇冠叢書第4713種
CHOICE 318

退稿圖書館

Le mystère Henri Pick

作　　者—大衛．芬基諾斯
譯　　者—范兆延
發 行 人—平雲
出版發行—皇冠文化出版有限公司
台北市敦化北路120巷50號
電話◎02-27168888
郵撥帳號◎15261516號
皇冠出版社(香港)有限公司
香港上環文咸東街50號寶恒商業中心
23樓2301-3室
電話◎2529-1778　傳真◎2527-0904
總 編 輯—龔橞甄
責任主編—許婷婷
責任編輯—蔡承歡
美術設計—嚴昱琳
著作完成日期—2016年
初版一刷日期—2018年9月

法律顧問—王惠光律師

讀者服務傳真專線◎02-27150507
電腦編號◎375318
ISBN◎978-957-33-3394-4
Printed in Taiwan
本書定價◎新台幣350元/港幣117元